MAX

L'auteur

Michel Quint est né le 17 novembre 1949 à Leforest. Titulaire d'une licence de lettres classiques et d'une maîtrise d'études théâtrales, il commence par écrire du théâtre pour Théâtre Ouvert, puis pour France Culture, et obtient en 1986 le prix des nouveaux talents radio de la SACD. En 1989, il obtient le Grand Prix de la littérature policière pour *Billard à l'étage*, adapté par la suite à la télévision. Mais c'est la parution en 2000 d'*Effroyables Jardins* qui va le rendre célèbre. Le succès de cet ouvrage est un véritable phénomène : adaptation au cinéma par Jean Becker, nombreuses adaptations au théâtre, traduction en vingt-cinq langues, prix Cinéroman et prix de la SGDL.
Depuis, il continue de publier régulièrement des romans : *Sur les pas de Jacques Brel* (Presses de la Renaissance, 2008), *Max* (Perrin, 2008), *Les Joyeuses* (Stock, 2009) ou encore *Une ombre, sans doute* (Gallimard, 2009).
Désormais retraité de l'Éducation nationale – il enseignait le théâtre –, il anime une chronique de littérature sur la chaîne de la TNT-Nord-Pas-de-Calais, « Wéo ».

Michel Quint

MAX

PERRIN

Le papier de cet ouvrage est composé de fibres naturelles, renouvelables, recyclables et fabriquées à partir de bois provenant de forêts plantées et cultivées durablement pour la fabrication du papier.

Loi n° 49 956 du 16 juillet 1949 sur les publications destinées à la jeunesse : janvier 2010

ISBN : 978-2-266-20148-3

Préface de l'éditeur

« Qu'on me pardonne de faire de Jean Moulin un héros de roman », écrit Michel Quint. Intéressante entrée en matière… Car l'écrivain a bien conscience de la difficulté de la tâche qui l'attend. Prendre comme personnage principal d'une fiction une figure historique aussi forte, aussi complexe, aussi emblématique que celle de Jean Moulin, le chef de « l'armée des ombres », il faut oser !

Jean Moulin, c'est aujourd'hui un mythe plus que jamais vivant. Et comme tout mythe, Jean Moulin, c'est d'abord une image. Une « gueule », oserait-on dire. Une icône que tout le monde connaît déjà, plus ou moins confusément. Avec ses attributs particuliers qui, réunis, font sens, revêtent une charge intense, et pour toutes les générations. Ainsi du « Che ». Depuis plus de quarante ans, sa photo de héros populaire revit sur les tee-shirts, les murs des chambres des adolescents et parfois dans le salon des parents, voire des grands-parents.

La comparaison n'est certes pas fortuite, tant les destins et les légendes du Che et de Max – trois lettres rebelles – ont de points communs. Et comme Ernesto Guevara, Jean Moulin, c'est d'abord une photo. Celle que son ami Marcel Bernard a prise à Montpellier, en octobre 1939. Photo prémonitoire. Curieusement, le préfet d'Eure-et-Loir qu'il est alors n'apparaît pas. Ce que l'on voit, ce que la postérité a retenu, c'est ce beau visage au regard déterminé et intense sous le feutre au bord rabattu, façon Humphrey Bogart. La fossette d'un menton énergique. L'écharpe rejetée en arrière et cachant le cou. Le manteau sombre contre une muraille. Autant d'éléments de la mode masculine d'alors. Et bizarrement, autant de signes qui annoncent un destin exceptionnel et tragique. Celui d'un chef remarquablement efficace, qui, dos au mur, saura tenir tête aux Allemands maîtres de Chartres, puis, plus tard, à son bourreau Klaus Barbie – et mourir debout.

Que Michel Quint se rassure, le voilà pardonné. Car non seulement l'auteur restitue fidèlement dans son roman l'aura romantique imprimée par la légende à la célèbre photo de Jean Moulin, mais il sait aussi faire revivre sa pensée tourmentée et vigoureuse, nourrie par une étonnante culture. La *voix* de Max. Celle d'un vrai héros qui tente et réussit l'union en apparence impossible des groupes de résistants politiquement antagonistes qui luttent contre l'envahisseur. La voix tragique et éraillée d'un « pur » qui veut « aller au bout de [son] devoir d'homme, en beauté mais humblement, sans flaflas ».

Pressé par le temps (« Aurai-je assez de mois, de jours ? ») et par l'étau nazi qu'il sent se resserrer autour de lui, menacé par les possibles trahisons de ceux qu'il appelle « des rats », lui, le « scribouillard préfectoral [… le] maquignon de la République », « un paysan de la politique », « le pousse-caillou [qui les] emmerde » réussit à gagner une stature de chef estimé. Un travail colossal et usant que Michel Quint restitue presque au jour le jour dans ces premiers mois terribles de l'année 1943.

Dans Lyon, « village tragique », « Utopia infernale », où l'on est « chasseur ou gibier », selon les circonstances, deux voix se font entendre, qui se valorisent mutuellement. Celle d'Agathe, la jeune fille en fleur qui, croisant la route de Max, lui donne « du courage pour cent ans ». Et celle de Max, l'éternel amoureux, l'authentique héros qui puise dans cette rencontre un surcroît d'énergie pour affronter « la rhapsodie des tortionnaires »…

Pour mes petites filles,
Lorette et Mahaut, ensemble.

Avertissement

Qu'on me pardonne de faire de Jean Moulin un héros de roman. Que sa famille, les historiens, les gardiens de mémoire et les survivants de la Résistance excusent mes libertés avec l'Histoire : j'ai souvent simplifié la réalité des êtres et de leurs actes, de leurs motivations, réalité sur laquelle les spécialistes et même les acteurs de l'Histoire dans leurs écrits ne s'accordent pas encore. J'ai voulu que cette fiction, pour tenter d'être vraie, ne prenne pas parti dans leurs polémiques, aussi fondées soient-elles. Puissent-ils aussi me pardonner d'avoir choisi de nommer chaque résistant par un seul de ses nombreux pseudonymes et un seul alias. Cela afin que le lecteur ne se perde pas dans le maquis des identités de la clandestinité. Pour les mêmes raisons, beaucoup de ceux qui ont côtoyé Jean Moulin, ont travaillé avec lui, sont absents. Au fond j'ai juste essayé, humblement et avec un certain orgueil, de me glisser dans le mythe de Jean Moulin comme un comédien prête sa vie à un rôle héroïque qui le dépasse et dont il voudrait révéler pourtant la simple humanité.

Liste des principaux résistants cités dans le roman et de leurs pseudonymes

Serge Asher : Legrand
Emmanuel d'Astier de La Vigerie (mouvement Libération) : Bernard
Henri Aubry : Thomas / Avricourt
Lydie Bastien : Béatrice
Pierre Bénouville : Lahire
Georges Bidault : Léandre
Pierre Brossolette : Brumaire
Daniel Cordier : Alain
Général Delestraint : Vidal
André Dewavrin : Passy / Arquebuse
Henri Frenay (mouvement Combat) : Charvet
Tony de Graaff : Grammont
René Hardy : Didot
Maurice Kriegel : Fouquet
Jean-Pierre Lévy (mouvement Franc-Tireur) : Gilles
Henri Manhès : Frédéric
André Manuel : Marnier
Pierre Meunier : Marmet
François Morin-Forestier : Marchal

Jean Multon : Lunel
Lucie Samuel : Lucie Aubrac / Catherine
Raymond Samuel : Aubrac / Claude Ermelin / Vallet
Colonel Schwarzfeld : Clair
Claude Serreulles : Sophie

Les autres personnages et pseudonymes sont fictifs.

Quelques sigles

AS : Armée secrète
BCRA (à Londres) : Bureau central de renseignements et d'action
BS : Brigade spéciale
CFLN : Comité français de la Libération nationale
CNR : Conseil national de la Résistance
COPA : Centre d'opérations de parachutage et d'atterrissage
CR : Conseil de la Résistance
FFCM : Forces françaises combattantes de métropole
FFI : Forces françaises de l'Intérieur
FTP : Francs-Tireurs et Partisans
MUR : Mouvements unis de la Résistance
OCM : Organisation civile et militaire
OSS : Office of Strategic Services (américain)
SD : Sicherheitsdienst (service de renseignements nazi)
SOE : Special Operations Executive (anglais)
STO : Service du travail obligatoire

Je suis entrée aux enfers par une rue en pente. Elle coupait net le premier pâté de maisons du village comme la lame étroite, brûlante de soleil, d'un petit couteau oublié à la fin d'une partie de campagne au cœur d'une pomme trop mûre. Au bout, là où elle s'étrécissait en pointe, on entamait à droite une grimpée qui s'enroulait jusqu'au centre, avec ses commerces tassés autour du noyau d'une place ovale, gros fruit grumeleux de gravier blond. Au-delà, passé l'église aux épaules d'hercule forain, on dévalait au vieux cimetière par des venelles où les habitations boitaient bas. Je le savais pour être venue une seule fois, à Noël 42, dans une demeure campagnarde et y avoir laissé, entre des draps parfumés de lavande, sous la suspension de la cuisine, au détour de chaque couloir, contre les portes de chaque pièce, de la chambre au jardin amidonné d'hiver, oui, y avoir laissé tout ce que j'avais aux lèvres de baisers frais, et d'amour. Après le cimetière, les champs prenaient leurs aises d'un seul élan, allaient s'exténuer aux contreforts de collines crépues avant les monts du Forez. Tout ça tenait serré dans la paume ouverte d'une vallée molle et devait être dans des nuances de vert, de gris aussi pour les murs et les chaussées, et puis de rouge sang séché pour les tuiles, qui allaient bien avec la lumière jaune de juin et la chaleur versée là-dessus à pleins baquets. Le ciel n'existait plus, totalement consumé, avec juste un mince liséré de cendres à l'horizon. Peut-être qu'un peintre aurait pu tirer quelque chose de ce monde pétrifié. À supposer qu'il en passe un par ici, à l'écart de la route. L'unique que j'aie connu, mon ami Jacques Martel, j'aurais pu l'amener à dessiner ce calme, il aurait aimé. Si seulement on lui avait laissé sa jeunesse…

Aujourd'hui, à midi ou presque, j'avais quitté seule l'autocar de Lyon. Les autres voyageurs descendraient, leurs valises vides leur battant le mollet, au fil des arrêts, chercher des légumes, de la viande chez des paysans qui ne demandaient pas les tickets de ravitaillement. Peu seraient encore assis sur les banquettes de bois quand le chauffeur stopperait le gazogène de sa guimbarde à Saint-Étienne. Les hommes auraient des mouchoirs trempés de sueur et les femmes des mèches collées au front, en virgules humides. Dès les premiers kilomètres je les avais vues s'attraper l'ourlet de la robe et s'éventer les cuisses sans trop prêter attention aux impudeurs. Surtout une rousse permanentée qui faisait battre un pan de sa jupe portefeuille blanche comme un drapeau d'armistice au vent. Un dessalé tout gominé n'en perdait pas une miette, rigolard au point d'oublier de rallumer son mégot. La rousse s'en était aperçue, frémissait des cils, et puis après ? Elle n'allait pas s'indigner et se rajuster cruellement ! La guerre finie depuis moins d'un mois, début mai 45, on aurait été bien mal à propos d'avoir de ces coquetteries outragées. Désormais fallait laisser bouillonner la sève, se reconnaître en vie et debout. Et s'en mettre plein les mirettes du paysage qui paradait lentement derrière les vitres du car. Les regards anciens de ceux qui n'étaient plus demeuraient aux coquelicots, aux vignes, aux arbres accourus à notre rencontre et qui nous dépassaient. Admirer la campagne de France c'était se souvenir de ceux-là qui ne reviendraient pas des caves et des baraques, justifier qu'ils soient morts pour nous léguer la beauté du monde libre. Même moi, malgré mes tristesses, je crois que j'ai souri tout du long autant que les autres, à appeler par leur prénom clandestin des ombres impalpables qui remontaient de plus loin que les fleuves infernaux me caresser les cheveux, hérisser le duvet de mes bras, me frôler la poitrine à m'en dresser le téton, même pas honteuse d'être, sous les œillades des voyageurs, un rien déboutonnée du corsage, un chiffon à emmanchures américaines taillé au plus juste dans une nappe de coton à carreaux bleus, ni d'avoir relevé au-dessus des genoux mon jupon façon grand-mère récupéré du trousseau de ma logeuse. Non, pas honteuse d'être reluquée, fière de régler un peu de ma dette d'humanité en plaisir partagé.

Mon sourire, je ne l'avais plus à l'entrée de la rue en pente, j'en suis certaine. Il avait dû rester accroché aux herbes dures, sèches, sur les bas-côtés des cinq cents mètres de bitume pelé entre l'arrêt et les premières maisons. Je ne me souvenais pas de l'avoir perdu mais, de toute façon, même voluptueuse d'avoir trop chaud, le visage, les bras, la nuque tartinés de soleil pâteux, même à dépasser le regret aigu d'honorer trop tard un rendez-vous sur l'autre versant, je n'aurais pas traversé ce village en fille réjouie.

Parce que j'ai commencé d'avancer parmi un lieu fantôme. Beaucoup de portes étaient ouvertes en grand sur des intérieurs simples, avec des chaises reculées de la table et du café refroidi dans des bols, des jouets abandonnés au carrelage des salles, un balai de paille appuyé contre une façade, une Traction Citroën garée juste là, déhanchée à cheval sur le trottoir, dont on n'avait pas refermé les portières, et puis l'écho de TSF venant des profondeurs des maisons. J'avais franchi des seuils, timidement, est-ce qu'il y a quelqu'un ? J'avais mis le nez à des fenêtres, écouté des pièces silencieuses et des mouches énervées, vu des repas en pleine préparation et laissés, des journaux jetés dépliés sur des bancs. Mais pas un être vivant à part un matou noir surpris à voler du lait dans une cuisine et un chien maigre qui s'était enfui avec un bout de viande dans la gueule, et puis d'autres chiens et chats étalés, yeux fermés, dans les coins de fraîcheur. On aurait dit qu'un attrapeur de rats était venu là jouer un air de flûte magique et avait entraîné tous les habitants, enfants compris, à travers champs, se noyer dans le Rhône. Ou qu'une division SS avait raflé tout le monde, que bientôt on fusillerait et on brûlerait comme à Oradour. Mais c'était fini tout ça, la barbarie, les représailles ! J'ai hâté le pas, déjà en nage et battant la vieille chamade des temps de grand danger, des fois de contrôle milicien aux quais de gares, avec des regards d'argousins en manteau de cuir fixés sur moi. Mes semelles de bois claquaient dur au beau mitan de la rue.

Au bout, j'allais prendre, à droite, le raidillon vers la place et quelque chose m'a attiré l'œil dans l'avant-dernière maison, un éclat de lumière. C'était le soleil reflété par les lunettes d'un vieillard décharné, tassé dans un fauteuil de rotin, le cheveu rare et tout dépeigné, encore perdu dans un pyjama trop grand et souillé de café au fond d'une salle commune. Il a fallu que je sois près de lui et j'ai vu, non, ce vieillard avait cinquante ans à peine et un numéro tatoué à l'intérieur du poignet. Rescapé de Dachau, de Mauthausen ? Il secouait la tête, non, non, non, sans s'arrêter, de la panique plein les mains qui essayaient d'attraper les miennes. Et il n'a rien répondu d'autre à mes questions, tout embringué dans son histoire à lui, emmuré dans sa mémoire, avec des yeux de moineau aux aguets. Étrangement, malgré l'impression brutale de frôler un mort, lui faire boire un peu d'eau, lui essuyer les lèvres m'a soulagée, sûrement il y en avait d'autres, endormis au fond des chambres, somnolant sous les arbres des jardins… Quelque chose avait dû se produire d'extraordinaire et tous les habitants valides, les éveillés tôt, étaient partis, toutes affaires cessantes, assister à l'événement soudain, l'incendie, un enfant accidenté, le retour inespéré d'un prisonnier, ou prêter main-forte, ou… Une minute pour redresser le jeune vieillard, le caler à son dossier, et j'ai presque couru dans la rue montante plus étroite, aux ombres lacérées de rais éblouissants, une tranchée entre les façades où, pareil à en bas, tout était demeuré en suspens, abandonné dans la fuite devant un séisme, une éruption volcanique qui n'aurait pas eu lieu. J'aurais pu voler, rangés dans les vestibules ouverts, tous les vélos que je voulais, descendre aux caves, m'empiffrer de jambons pieusement conservés, me rincer aux bouteilles de côtes-du-rhône sauvées des Allemands, embarquer les billets cachés dans les piles de draps, piller les derniers bijoux planqués toute la guerre… Plus j'avançais, plus ça me poignait, cette folie, cette négligence de toutes les prudences, des avarices apprises par cinq ans de restrictions, de débrouille pour ne pas gaspiller, ne pas offrir aux tentations des désespérés ou des miliciens brigands… Jusque-là j'entendais seulement ma respiration précipitée… Et peu à peu, à mesure que j'approchais du centre du village, les vociférations sont venues. D'une fête votive, d'un rassemblement sportif… Ça venait par vagues répercutées comme on entend du dehors d'un stade la foule réagir aux péripéties d'un match. Ma dernière vraie pensée a été qu'on était en juin 45, un dimanche, et que tout le village se faisait impromptu une bacchanale du feu de Dieu, qu'on n'en verrait plus jamais de pareille, ni pareille communion sans préjugés ni castes, entre villageois, pour célébrer la fin du Reich, le triomphe des démocraties alliées sur le nazisme, la libération définitive… Presque j'attendais le flonflon du bal… Et puis j'ai débouché sur la place.

Une esplanade à la taille d'un cirque, toute bordée de bâtisses et d'une couronne de platanes, avec le monument aux morts de 14-18 à un bout, la mairie pavoisée de bleu-blanc-rouge à l'autre et un kiosque à musique au centre. Et tout le monde était là, accouru dans le débraillé des jours désœuvrés et cuits de chaleur, bras nus, en cheveux, chemises de rayonne et caracos de cellulose, encore nippé à l'élégance d'Occupation, une masse compacte et mouvante gonflée soudain de houles qui la faisaient déborder puis refluer, s'ouvrir sur de brusques trouées brutalement refermées, toute une écume de chair qui frotte, de peau tannée, de mains qui fouillent au profond de la mêlée des corps, se cherchent un chemin, de jambes arcboutées, rageuses pour de violentes piétinées, tâcher de passer outre le rempart humain, des muscles bandés, des efforts de titan pour passer devant, parvenir là-bas au pied du kiosque où se brisent ces lames humaines… Sur l'instant, je n'ai pas compris la bacchanale, le carnaval sanglant qui s'organisait là, farouche et cruel pire qu'aux sauvages proscriptions, aux folies des saturnales perverses de la Rome antique… Plus de pudeur ni de règles, ni de civilités, ni d'interdits, ça bouscule, ça tire par le pan de chemise, ça empoigne une hanche, une épaule, ça joue du cul et des coudes, ça déchire une robe dont la couture cède comme une plaie, ça croche une ceinture, une bretelle, ça attrape une tignasse, ça mord, ça lapide ceux d'alentour à coups de talon, de bottines ferrées, sans regarder qui, rien que dans l'idée de parvenir au cœur du tourbillon, là où ça bat, où ça cogne, au bas du kiosque où des poings brandis, abattus d'un coup, ébranlent la lumière et basculent l'harmonie du jour…

Des vieux aux yeux plissés s'abritaient au tronc des platanes, à peine à l'écart de la tourmente, mêlés à des femmes dont les petits agrippaient la jupe et des hommes aux épaules chargées de gosses qui braillaient avec les loups. J'ai vu aussi une ou deux jeunes dames bourgeoises, les fesses collées aux devantures des commerces, tailleur d'été et bibi chic, écarquillées, la poitrine moite et la dentelle dérangée, tripoter leur sac à main comme la première fois où elles avaient attendu un amant. En retrait, un trio de gendarmes impavides, pouces au ceinturon, fumaient de loin, calés aux grilles basses du monument aux morts.

Un instant je suis sourde, seulement consciente de ces gueules ouvertes, de ces mâchoires qui claquent sur un grand brame, de ces narines agrandies qui flairent, soufflent, des regards enflammés, et puis le large cri, multiple, la voix syncopée et immense de la foule me gifle. « À mort ! À mort ! » Il y a du traître et de l'assassin par là-dessus, de l'affameur, du salaud, de la pute à boches, du collabo, et qu'il faut les écarteler, les empaler, qu'à les mettre à la broche, leur faire bouffer une vipère, leur foutre un putois dans le cul, leur faire gober leurs yeux, leur découper des tranches sur le gras, au gigot, au plein du tétin, tailler le jarret, et leur faire avaler le plat, qu'ils crèvent empoisonnés d'eux-mêmes !

Cette clameur, je me souviens, elle m'a reculée de trois pas, comme il arrive devant un feu de forêt embrasé d'un coup, jusqu'à la boulangerie au coin de la rue par où j'étais montée.

Juste à ce moment, une poignée de types grimpent sur la plate-forme du kiosque, par l'escalier, en se coulant au-dessus des rambardes et ils halent par les pattes, par un bras, un homme aux vêtements en lambeaux, puis une femme blonde, nue, à la pauvre poitrine qui balloche, qu'on assied sur une chaise tendue d'en bas et, tandis qu'un déluré tout jeune escalade un des piliers, une corde entre les dents qu'il passe dans un anneau du toit, un grassouillet brillantiné, moustache en croc, se met à tailler à coups de ciseaux dans la chevelure de la femme sans quitter le mégot au coin de ses lèvres. Trois lascars féroces, saluant l'assistance en sourires contents, tiennent debout l'homme qu'on a hissé, couvert de sang, brisé. D'où je suis, je vois les crachats gicler vers lui, des pierres toucher la femme qui tressaute sous le choc et ne se protège même pas.

Et je les connais ces deux-là qu'on massacre en kermesse, je n'ai entrepris ce voyage que pour les rencontrer, me montrer vivante à eux. Ce que je ressens alors, même aujourd'hui je ne sais plus, sûrement je me suis effacée à l'intérieur, je n'ai plus été présente consciemment, et puis c'est revenu, la douloureuse sensation d'être témoin de l'inhumain et de ne rien pouvoir, que ces villageois avaient la certitude d'être justes, d'infliger un châtiment mérité, de n'être pas coupables puisqu'ils punissaient le mal incarné, et aussi d'être parmi eux, semblable à eux. La nausée m'est montée dans une suée glacée. Je me suis retournée pour vomir.

Oh, Jacques, qu'est-ce que tu aurais fait, toi, l'homme des derniers courages ?

Renvoyée par la vitrine de la boulangerie, j'ai vu mon image défaite. Jacques, avec sa manie de me comparer à Berthe Morisot, un de ses peintres de cœur, aurait à peine reconnu la frisottée au regard lent, au visage de douce canaille, dont il aimait le portrait au bouquet de violettes par Manet. J'avais maigri depuis lui et j'étais, à cette boucherie publique, un chat maigre, trempé de sueur et d'effroi. La boulangère, une plantureuse à la Rubens, blonde crantée, tablier posé aux hanches, bien nourrie, elle, et le rouge à lèvres de traviole à force de s'essuyer la salive, hurlait, toutes dents dehors. Elle ne quittait pas le seuil de sa boutique et parfois, pour donner plus de mordant à ses aboiements, se libérer le poitrail, prenait appui de la main droite sur mon reflet dans la vitrine où crissaient ses ongles vernis. Comme si elle voulait m'arracher les yeux.

Est-ce que tu savais que ces affamés de meurtre, ces vengeurs improvisés et arrogants, tu travaillais aussi à les sauver, Jacques, quand tu es entré en Résistance, quand tu as décidé que ta vie, ta liberté ne valaient que du prix de celles des autres hommes ? Bien sûr, pardon d'avoir douté. Tu m'as assez répété Platon, nul n'est méchant volontairement. Et que notre dignité est donc, paradoxalement, d'être assurés de la cruauté possible, puisque non délibérée, de chacun. Y compris de la nôtre. Mais de la racheter d'avance, au nom de tous. Il me semble que c'était une de nos premières conversations, fin janvier 43, que tu as ri de tenir des propos de jésuite à une gamine de vingt et un ans qui ressemblait à Berthe Morisot, que personne n'avait à jouer les christs inutiles. Et, dans ce bistrot lyonnais, L'Étoile, où je me chauffais, plongée dans la révision de mes cours, tu as griffonné en marge de mes notes d'histoire antique sur les persécutions des chrétiens un Golgotha planté d'une croix gammée et un Christ sommaire immolé dessus.

À l'époque, pour les habitués du comptoir et moi, tu étais officiellement Jacques Martel, décorateur… Tu m'as tutoyée immédiatement. Moi je n'ai pas osé avant aujourd'hui. Les ombres entre elles se passent des formules de politesse.

Si je me souviens de ce premier soir à Lyon, pensez donc !

Janvier 43

Peut-être il était cinq heures de l'après-midi. Le vent de janvier charriait, aux berges du Rhône proche, des voix confuses. Chuchotements d'amants qui se bécotaient en fraude au long des quais, craquements des grands arbres nus, frisson des eaux hérissées, clap-clap des pas aux trottoirs, et les pétarades des autos à gazogène. Les piétons couraient presque à la traversée du pont de la Guillotière, saisis de froid, courbaient les épaules sous la nuit et les tourbillons glacés de la place Raspail large ouverte sur le fleuve, on détournait la tête en croisant les uniformes allemands, et ceux qui entraient à L'Étoile avaient tous le même geste pour rester un instant debout, la porte refermée derrière eux, à se frotter les mains, souffler dans leurs paumes réunies, comme sauvés. Et puis ils saluaient des connaissances de loin, allaient serrer une main, s'asseoir à une table, s'accouder au zinc pour engager la conversation avec Antonin Jutard, le patron.

Moi je suis à ma place quotidienne, un petit guéridon dos au cours Gambetta qui prolonge le pont et à ma piaule d'étudiante au 2, place Raspail. Une mansarde dont je n'ai pas les moyens d'alimenter le poêle en charbon ou en bois. Pour le prix d'un simili-café, je peux travailler dans ce bistrot installé à l'angle tant que je veux, presque au chaud, dans une lumière acceptable, étaler mes manuels, relire mes notes, rédiger mes devoirs, et il ferait beau voir qu'on m'ose des avances, ça monsieur Antonin y mettrait le holà vite fait. Il m'a prise sous son aile, je suis la petite qui en met un coup aux études, malgré le climat pas trop propice. Vous y arriverez, mademoiselle Agathe, à devenir prof d'histoire, personne vous empêchera. Est-ce qu'il pense aux fridolins ou à des hommes qui m'amélioreraient l'ordinaire et me détourneraient de l'université ? Que je deviendrai une de ces femmes décolletées sous la fourrure qui viennent parfois fumer sur les banquettes et boire des fines à l'eau avec des messieurs incertains ? Il s'inquiète sans raison, aucun consommateur ne me fait du gringue, jamais. Faut dire, côté séduction, je serais plutôt à la mode esquimaude, toute ma garde-robe sur moi, les pulls par-dessus la robe et mon manteau beige à col châle, genre peignoir d'extérieur, ample et fermé par une large ceinture à boucle. Et puis les chaussettes dans mes bottines Richelieu à semelles de bois « Smelflex ». Pas maquillée, le cheveu noir en vrilles affolées, voilà mes élégances et les galants ne se bousculent pas. Monsieur Antonin peut essuyer ses verres en paix, si j'ose dire, rassuré sur mon sort. Sans compter que j'ai mes fidélités à Maurice, mon amoureux à la voix parfumée.

Quand la porte s'ouvre, que le courant d'air envole mes feuilles, et que l'homme qui a provoqué ce désastre se précipite pour les ramasser, se confond en excuses, monsieur Antonin lève quand même un sourcil. Et puis il reconnaît le client, c'est bien, celui-là ne profitera pas de la situation… Moi aussi je l'ai reconnu, il habite le même immeuble que moi, à un étage mieux chauffé. Du premier moment où on s'est croisés, je sais qu'inévitablement on finira par se parler. Un homme dans la quarantaine, pas bien grand, mince et droit, en pardessus gris, chapeau, une écharpe noire au cou, je le vois souvent converser au comptoir ici, s'attarder avec monsieur Antonin, toujours placé de façon à voir les deux accès du café. Un homme à fossette au menton et demi-sourire perpétuel, avec des yeux noirs de moujik, pas mal, ma foi, pas mal... Même trop âgé pour moi, si je n'étais pas amoureuse de mon Maurice, je me laisserais bien conter fleurette... Je suis bête d'avoir de pareilles pensées de fille. Là il est tout confus, vraiment, et moi bien bien gênée parce que j'ai dit merde devant mes notes éparpillées dans la sciure et maintenant on a l'air de quoi, accroupis ensemble à tâcher de remettre de l'ordre. Surtout qu'il est curieux, jette un œil à mes cours, sourit comme à des lettres d'amour surprises :

— Vous étudiez l'histoire ?

— Oui.

— Pour devenir professeur, plus tard ?

— Au moins pour croire qu'il y aura un plus tard...

À ma réplique de bécasse faraude il a penché la tête, comme à l'écoute d'une belle scène de mélo. Et puis, contrairement à ses habitudes, il s'assied au guéridon voisin, vous permettez, s'obstine à classer mes papiers que j'essaie de lui ôter des mains, laissez, ça n'a pas d'importance... Sûrement c'est le froid, sa voix, à peine colorée d'intonations du Sud, s'enroue parfois aux fins de phrase :

— Bien sûr que si, je vous en prie... Je n'aime pas être un semeur de vent, mettre la pagaille...

Et d'un coup il s'arrête sur le titre d'un cours :

— Les Antonins ? Vous travaillez sur les Antonins ?

— Empereurs de Rome entre 96 et 192 après J.-C., oui...

— Vous savez que le patron d'ici s'appelle Antonin, bien sûr, mais mon père s'appelait aussi Antonin... En plus il enseignait l'histoire et la géographie... Belle coïncidence, non ? La dynastie continue...

Et je crois qu'il a ri, qu'il pétillait de partout. Son feutre est posé sur la table, il a dénoué son écharpe et, pour la première fois depuis nos brèves rencontres, bonjour-bonsoir, aux escaliers de notre immeuble ou dans ce bistrot, je vois une cicatrice, pas très belle, sur le côté de sa gorge. Et il le sait, il se rajuste la cravate, resserre le col juste à la limite du trait rougeâtre. Moi je vais encore passer pour une impolie à zyeuter de la sorte, et à être indiscrète :

— Ah, parce que vous aussi, vous êtes historien ?

— Non, et le mot de dynastie est impropre. Je ne suis que décorateur. Début février j'ouvre une galerie à Nice... Mais mon nom doit quelque chose à l'histoire : Martel... Jacques Martel.

— On est loin de Poitiers et des Arabes...

Sa voix cabossée baisse d'un ton :

— Mais pas des Antonins ! Ils ont persécuté les Juifs, non ?

— Pas vraiment. Il leur ont défendu d'entrer à Jérusalem... Après leur avoir imposé une taxe... L'empereur Hadrien a également interdit la circoncision.

— Alors ils n'étaient pas si mauvais : aujourd'hui j'en connais beaucoup que cela arrangerait d'avoir un sexe anonyme... Pardonnez-moi cette remarque déplacée.

Et il a un bref rire brisé, une grimace d'excuse de s'être montré grivois avec une demoiselle de rencontre, cite son Platon pour faire passer la faute, que nul n'est méchant volontairement, qu'on peut donc tous faire preuve de méchanceté... Vrai, je m'épate de même pas être choquée, que ce digne monsieur à fossette me fasse venir à l'esprit des troublantes images de zizis, et que j'aie envie de prolonger le bavardage :

— En revanche, les chrétiens n'ont pas eu la vie facile : Marc Aurèle a beau être un intellectuel, un moraliste, en 177, ici à Lyon, il envoie une belle charretée de martyrs à la mort... Dont l'évêque Pothin et sainte Blandine...

— J'avais oublié... C'est elle qui a fait reculer les lions à l'instant où ils allaient la dévorer, n'est-ce pas ?

— Selon la légende... En réalité, elle a dû se faire manger en moins de deux.

— Mais la légende seule s'est répandue, assez pour donner la force aux autres de ne pas courber l'échine.

— Le mythe donnerait une leçon plus éclairante que l'histoire ?

— Oh, la fameuse spirale hégélienne, l'éternel recommencement. Déchiffrable dans les volutes précédentes... De l'abstraction... Il n'y a pas de leçon dans l'histoire. Sauf à considérer l'individu, la façon dont il vit la grande machine, ses bonheurs et ses chagrins. Peut-être l'histoire est seulement faite des soupirs d'aise ou d'agonie de chacun... Mais, s'il s'agit d'y voir clair aujourd'hui, tout est bon pour réveiller la vérité...

Évidemment, je fais mon intransigeante, nez pincé, qu'on ose cette désinvolture avec la science historique, facile pour un monsieur d'avoir de la repartie au vinaigre devant une bas-bleu bien élevée de mon acabit. Et mes raideurs, le plaisir d'avoir écorné ma passion, monsieur Martel en est ravi, manifestement, l'œil étoilé :

— … Simplement, il ne faut pas croire aux héros… Ni jouer les christs inutiles…

C'est là, je m'aperçois qu'il a crayonné un Golgotha à croix gammée sur le côté de mes notes. Son Christ paraît endurer de sacrées souffrances…

— Vous ne croyez pas en Dieu non plus ?

— S'il existe, je n'aime pas ce qu'il a toujours laissé faire en son nom…

Il a un tel sérieux dans sa voix éraflée, soudain, qu'on se tait tous les deux parmi la rumeur de bistrot, presque épouvantés.

Pendant nos petites trivialités mondaines, les fidèles de L'Étoile sont sortis de la nuit. Ils viennent sous les cônes de lumière faiblarde traîner leurs petites misères. Ils ont mal aux pieds et des sourires fatigués, des solitaires, des furtifs, des qui n'avoueraient jamais attendre tout le jour de se retrouver ici chez eux chaque soir ou presque. Danièle, la secrétaire aux bibis fleuris, bien rebondie de partout, qu'on dit être de la Résistance ou partouzer depuis leur arrogante arrivée, le 11 novembre 42, avec ces messieurs vert-de-gris, c'est selon, Théo, un rubicond à col dur qui tâche de vendre des spiritueux, Fred, le mécano velouté, genre Tino Rossi maigre, et d'autres dont je n'ai pas encore entendu le nom. Antonin Jutard les accueille en parents lointains qu'il hésite à embrasser, attentif et retenu. Il connaît leurs habitudes, même avec les restrictions, et sert les consommations qu'il peut, à la guerre comme à la guerre. Sans rien demander il est venu poser devant Jacques Martel un café à la châtaigne grillée, un « café national » ou une saloperie pareille, bien bouillant, que le goût âcre passe, et du sucre de raisin.

— Je me trompe ou nous habitons sous le même toit ?

— Disons que moi j'habite sous le toit.

Ma blague à deux sous détend, il rit franchement cette fois, touille son café, et moi gourde comme pas permis, pourquoi est-ce que j'ajoute :

— Toute seule… Ma famille est à Lille, je ne peux pas y remonter.

— Ah, zone occupée, pire : rattachée à Bruxelles… Les communications sont difficiles.

— Par la poste, c'est tout… On m'envoie des mandats…

Il m'a regardée, bien perçant, comme une ancienne fiancée négligée j'ai eu l'impression, sa tasse d'ersatz de café tout près des lèvres. Pas mal chamboulée de son examen, je ne suis pas certaine d'avoir remarqué tout de suite qu'il était passé au « tu » :

— Berthe Morisot. Tu es exactement le portrait de Berthe Morisot…

— Je m'appelle Agathe Langlois, j'ai vingt et un ans.

— Vingt et un ans… Et moi qui t'ennuie à te réclamer des leçons d'histoire…

— Comme ça je révise mes cours. Vous devriez enseigner au lieu de décorer, et d'abord m'apprendre qui est votre Morisot…

— Une femme libre… J'aurai peut-être des dessins d'elle dans la galerie que j'ouvre bientôt à Nice… Modèle de Manet, de Renoir, et peintre elle-même… Si tu veux, on pourrait dire qu'elle était un acteur de l'histoire et l'écrivait en même temps, comme Jules César.

Sur ce, il me rend mes cours, tout reclassés en ordre, la feuille au Golgotha sur le dessus, que je regarde encore, vrai il a un fameux coup de crayon…

— Lui, César, c'était pas un modèle… Mais moi je veux bien poser pour vous, en femme de zone plus trop libre…

Est-ce que je l'ai entendu rire une autre fois aussi fort jusqu'à l'été ?

Ce soir de janvier, des Traction Avant aux phares mi-clos ébranlent les vitrines à leur passage en trombe. Est-ce qu'elles transportent au fort de Montluc des résistants cueillis à un rendez-vous ? Les gars d'un réseau s'enfuient après un coup de main ? Pourvu que Maurice… Fred, attablé près du poêle, tourne la tête aux bruits de moteur. Au comptoir, Danièle froufroute du croupion et clape de la langue à déguster un échantillon de beaujolais offert par Théo pendant qu'il la serre d'un peu près. Les miettes encore autorisées de plaisirs simples.

Cette jeune fille, Agathe, je l'ai déjà vue... Pas seulement aperçue les périodes où je fais un saut ici, dans ma garçonnière... À Montpellier, à Saint-Andiol, quand je vais visiter maman et ma sœur Laure ? Ou bien elle ressemble trop à Berthe Morisot et je confonds... Oh, tu te fais des idées, mon vieux... Et ce soir tu as passé pour un barbon de comédie, un homme à femmes, ce que tu n'es plus. Elle pourrait être ta fille... Mais est-ce que tu serais un bon père ? Surtout tu as été imprudent de nouer ce contact, de faire le faraud à mentionner la galerie qui est enregistrée sous ton véritable état civil... Déjà hier, à Miribel, juste avant la rencontre avec les dirigeants des MUR, tu as été présenté sous le nom de Max à Jules Moch de la SFIO qui n'en revenait pas que tu sois cette Arlésienne de la Résistance. Encore heureux, il ignore ma véritable identité. Continue à être qui tu n'es pas, Jean Moulin, un Iago, double d'Othello... N'empêche, comme dit Octave dans une pièce de Musset, Agathe a de beaux yeux... Restons-en là. Antoinette et Colette, mes amoureuses libertines, n'en seraient même pas jalouses. Quant à

Gilberte, mon doux mirage, elle ne doit plus frémir à mon souvenir…

Allons, mon Jean, l'heure de la bagatelle a passé, je le crains… Et une autre est venue, plus cruciale… Récapitulons mes objectifs… Ça me hante, je me sens un vieux comédien qui connaît par cœur un rôle cent fois joué et craint de l'oublier dès le rideau levé. À y regarder de près, j'ai quatre à cinq mois pour réaliser une union bien corsetée : si jamais un débarquement intervient bien vers juillet, comme annoncé, les Mouvements unis de la Résistance, leurs réseaux régionaux, chacun des hommes doivent être prêts, suivant un plan national, à une action concertée qui ouvre un front de combat partout sur notre sol et empêche Hitler de concentrer ses forces sur l'offensive alliée. Donc il faut bien mettre sur pied quelque chose comme un Conseil de la Résistance, au moins un conseil politique qui contrôle le militaire, ait pouvoir sur l'ensemble du territoire et réunisse mouvements, partis politiques… et syndicats, à condition qu'ils aient milité en Résistance… Là je vais me faire incendier : Combat, Libération et Franc-Tireur, les trois grands mouvements de zone non occupée, ne veulent pas que l'ancien personnel de la IIIe République tire les marrons du feu après la victoire. Ne jamais l'oublier… Mais on ne pourra pas se passer des partis…

Ah tiens, au comptoir, le représentant en spiritueux est en train de les tirer du feu, les marrons ! La secrétaire tolère une main à sa hanche… Ces deux-là, c'est larrons en foire… Qu'est-ce qu'elle lui trouve, à part ses alcools gratis ? Regardez-moi ça, cette façon de se laisser tripoter… Et lui, ses manières de soudard timide… Peut-être ne sont-ils pas aussi innocents qu'il y paraît, et cette parade amoureuse de zinc cache autre chose… Cette Danièle, Antonin s'en méfie. Moi je devrais me méfier de tout le monde. En suis-je capable ? Enfin, chacun ses stratégies…

Dommage que Marnier, le commandant Manuel, soit retourné à Londres après sa mission d'inspection, code Pallas… Lui je l'avais dans la poche, nous étions de même jugement : mettre en place ce comité de coordination qui inclut les mouvements de la zone occupée. Et puis Brossolette et Passy, sous les pseudonymes de Brumaire et Arquebuse, attendent d'être parachutés sous peu et je n'ai aucune confiance en eux… Je peux me tromper mais je pressens qu'ils vont bousiller le pouvoir du général Delestraint, alias Vidal, comme chef de l'Armée secrète en zone nord, et tenter d'y établir un comité de coordination directement sous les ordres de Londres ou de Brossolette… Pas sous les miens ! Je prends les paris… Attention : ne jamais le formuler ainsi, en ayant l'air assoiffé de pouvoir : évidemment ma personne ne compte pas, seule l'unité d'action prime ! Il faut donc maintenant que de Gaulle comprenne que je la contrôle déjà, cette zone où le combat est dix fois plus dangereux, où je verse des crédits aux principales organisations, que je ne suis pas éloigné de la fédérer, grâce au travail, depuis deux ans, des vieux amis du Front populaire, Manhès et Meunier, Frédéric et Marmet… D'eux, je suis sûr. Oui, finalement, je ne compte que sur les amis d'avant la débâcle… Ce qui constitue une faute en même temps qu'une sécurité. Donc remettre tout cela noir sur blanc, câbler… Qu'est-ce qu'il fait, Alain ? Je compte jusqu'à cent et je quitte le terrain. Un, deux…

Houlà, l'idylle de bistrot tourne à l'aigre ! Bas les pattes et le ton monte… Danièle mouline du sac à main, montre les dents à un Théo écrevisse qui rentrerait dans un trou de souris… Non, elle ne fricote pas avec la Kommandantur ! Non mais pour qui tu me prends de croire que je vais t'introduire auprès de ces messieurs pour trois larmes de gnôle ? Même si je pouvais, je mange pas de ce pain-là ! Et en plus tu voudrais me sauter ? Tu t'es regardé ? M'en fous qu'on m'entende, j'ai rien à cacher, moi !

Toutes ces vertus proclamées n'empêchent pas la petite dame de vider cul sec son verre de marc de contrebande… Vulgaire et bien ostentatoire, mais du chien ! Étrange comme chacun est contraint désormais pour survivre de se retirer, de faire l'escargot ou d'afficher *urbi et orbi* des opinions neutres, surtout ne pas prendre parti, comme une indulgence plénière, qu'on n'est compromis avec personne… Et cette mascarade quotidienne à quoi le Français est réduit, j'en pleurerais… Là haut, dans la *high society* londonienne de la France libre, je commence à entrevoir que ça grenouille trop, ça frotte trop avec les Anglais, le SOE, pour réagir assez vite aux nécessités du terrain… Justement, autre point : outre les armes et les crédits, réclamer des renforts en cadres qui fassent le relais avec mes ouvriers de la liberté, la base… Parce que la base peut se faire séduire par les militants communistes, comme certains à Londres par les manœuvres du PC, de sa branche paramilitaire, les Francs-Tireurs et Partisans, pour entrer dans la danse. Londres ne se rend pas compte que derrière il y a le Front national, le bras armé du PC, qui va brouiller les cartes par ses actions violentes et prétend depuis toujours que de Gaulle est un réactionnaire à la botte de l'impérialisme britannique… Si Londres se laisse abuser, le résistant de base n'y verra que du feu et les communistes prendront la direction de la résistance intérieure, avec les conséquences soviétisantes à la libération… D'autant qu'on est affaiblis dans l'opinion publique par l'attitude américaine antigaulliste… Les fourbes… Comment les canaliser, les utiliser ? Et leur donner la juste place due à leur courage, n'en déplaise à mes transfuges méritants de la Cagoule et de l'extrême droite dont le combat est finalement le même ?

Si je pouvais être extralucide, connaître par avance la marche de l'histoire… Et justement, qui l'eût cru, les tourtereaux du zinc se sont rabibochés… Tout compte fait… Imbécile, tu as oublié de compter jusqu'à cent ! Alain n'est pas là et tu devrais déjà être dehors !

Qu'il arrive ou pas, il faut que j'aille préparer le rapport sur la réunion d'hier, à Miribel, qui m'a nommé président du comité directeur des MUR… Allez, debout sans hâte… Mon chapeau… Reboutonner mon manteau… Saluer la compagnie comme un petit commerçant terne… Frenay, alias Charvet, du mouvement Combat, est commissaire aux Affaires militaires, Libération, avec d'Astier de La Vigerie, alias Bernard, récupère le commissariat aux Affaires politiques et Franc-Tireur avec Jean-Pierre Lévy, alias Gilles, celui aux Renseignements, Sécurité et Moyens matériels… Pourvu qu'ils continuent à accepter qu'ainsi on sépare le militaire et le civil et ne me claquent pas dans les pattes, ces amis de fraîche date… Tiens, parmi mes récentes rencontres, je peux m'appuyer sur Daniel Cordier, Alain… Le nommer mon chef de cabinet civil, organisateur de la Délégation générale, était judicieux. Il fera expédier un câble au BCRA… Là, je me surprends à penser avec mes réflexes et raisonnements glacés de la Territoriale, ce qui me terrifie, j'oublie les hommes… D'ailleurs, humainement j'ai faim, et pas le loisir de manger… Penser aussi à la répartition des fonds arrivés de Londres. Demander à Alain, s'il me rejoint directement chez moi, si le pire n'est pas survenu, qu'est-ce qui lui arrive donc, de trouver le temps de cette distribution… Le temps, le temps !

Le voilà ! Alain traverse la place. J'y vais…

— Bonsoir, monsieur Antonin ! Messieurs-dames…

Danièle se refait une beauté… Théo rebouche ses flacons… Allons, l'univers trivial est en ordre.

Alain connaît bien ma chambre, armoire, lavabo, étroit divan, une sorte de cellule monacale. Et le givre aux vitres… On entre à peine qu'il explique son inexactitude : l'arrestation en Savoie de trois radios. Pas repérés par goniométrie, trahis, ou tombés par hasard… Ils ont tenu bon à l'hôtel Terminus, où opère la Gestapo, le temps que l'alerte soit donnée. Mais il faut fermer d'urgence les boîtes aux lettres actuelles, modifier les lieux de rendez-vous…

— Bien, bien. Je vous fais confiance, Alain… pour me tenir au courant aussi de ce qu'il advient d'eux… Ces gamins ont des âmes de géants. Et penser aux familles qu'il faut soutenir… Ne jamais oublier les familles…

— Comment s'est déroulée la réunion des mouvements ?

— Aussi bien que possible. J'ai calmé le jeu… Les rôles sont distribués, espérons que les acteurs accepteront jusqu'au bout de les assumer. Mon rapport sera prêt demain.

— Votre départ avec Vidal est finalement prévu à la lune de février… L'avion vous prendra sur le terrain

Orion, près de Lons-le-Saunier. D'ici là, il faut parer au plus pressé.

— La carte des terrains d'atterrissage sur la France entière, à établir et câbler… L'utilisation du Vercors comme forteresse, base arrière au moment de l'attaque alliée, à étudier… Ce qui me rappelle de nous soucier des réfractaires à la Relève, aux réquisitions de travailleurs envoyés en Allemagne… Pas loin de cinq cent mille déjà… Ça va renâcler sous peu… Au quotidien, les parents de prisonniers comprennent mal que leur jeune voisin refuse d'aller travailler en Allemagne contre un bon salaire, ce qui libérerait leur fils détenu dans un camp… Un mensonge de Vichy qui sape le moral…

— Maintenant, beaucoup commencent à penser prendre le maquis…

— Justement, le mouvement va s'intensifier. On ne peut pas les laisser récupérer par les groupes communistes. En revanche, eux il faut vraiment les mettre dans notre poche… Et ne jamais oublier qu'ils ne sont pas l'ennemi ! Ils sont quinze mille prêts à combattre pour libérer le territoire. Faire le bilan aussi de la conférence d'Anfa, ce simulacre marocain d'Entente cordiale… Après l'assassinat de l'amiral Darlan à Alger, ce traître à la France devenu lâcheur de Pétain, il n'y a plus de voie médiane. Et je crains que les Britanniques, à la suite de Roosevelt, ne lâchent effectivement de Gaulle pour Giraud déjà en place à Alger et tout auréolé de son évasion d'une forteresse allemande… Évasion montée par d'ex-cagoulards, merci l'ultra-droite. En pensée cet abandon est déjà effectif… Et, pour les Américains, les communistes sont pires que les nazis ! Cela les arrangerait de traiter avec un partisan de Pétain après l'écrasement de l'Allemagne, que le Maréchal soit encore en place ou pas… Dans ce cas, si les mouvements de Résistance les suivent, ma mission est caduque et on va au désastre par les ambitions de ces petits césars… Donc il faut légitimer de Gaulle, intégrer au futur comité national de la Résistance les anciens partis politiques, y compris les communistes. Une structure administrative, Alain, pas une somme d'aventures !

Alain est tout maigre dans son mauvais pardessus, je sais qu'il mange mal, un busard au regard aiguisé, noir de cheveu, mais quelle énergie. Il vient de l'extrême droite, ne s'en cache pas, et je lui sais gré de cette sincérité. Lui ne faillira jamais, ma main à couper. Comme chaque jour je lui laisse la table, qu'il prenne des notes, et je m'assieds sur le lit. Et c'est un peu étrange de faire ce soir notre cuisine ordinaire des matins habituels :

— Ne pas oublier une nouvelle réunion du comité des MUR. Date et lieu à fixer d'urgence… Est-ce que vous avez lu les journaux…

— À propos du front Est ? Ils en parlent avec des pincettes, j'en déduis que ça chauffe à Stalingrad pour le matricule de von Paulus. Hitler n'a pas retenu la leçon de Napoléon… Les Allemands ne vont pas tarder à abandonner la partie en y laissant des plumes…

— Et reporter leurs efforts en France ?

— Désormais les Russes vont vouloir avancer à l'Ouest. Hitler devra mobiliser des forces pour les contenir… Comme moi je dois stabiliser l'impatience et la grogne des mouvements. La répartition des subsides est maintenant possible ?

— Cette fois oui. J'ai des inquiétudes pour la suite…

— Alors dès demain vous répartissez. La suite, je la connaîtrai à Londres… Prévoyons cinq millions, puis un et demi et enfin neuf cent cinquante mille… Combat, Libération et Franc-Tireur.

— Donc Charvet, Bernard et Gilles dans l'ordre…

— Ces messieurs seraient ravis, Alain, que vous leur reconnaissiez nominalement la propriété indivise de leur mouvement !

C'est vache de ma part, Alain sourit quand même :

— Je transmets à Grammont, il a dû avoir le temps de changer suffisamment de fonds en francs… Dernier point : Brumaire arrive demain.

— Eh bien, en cas de rencontre, il faudra se montrer diplomate, lui donner quelques os à ronger et taire l'essentiel…

— Que Marnier propose au Général votre nomination comme son délégué unique ?

— Entre autres… Aussi que Frédéric et Marmet sont au travail sur mon ordre à Paris pour contacter les mouvements de Résistance de zone nord, les préparer à une structure nationale… Surtout que leurs chefs ne seront vraisemblablement pas d'accord pour la représentation des partis au futur Conseil de la Résistance et l'unification des deux zones… Bataille interne en perspective, dont je me serais bien passé.

— La partie sera serrée, Jacques.

— Question de bluff… Si Brumaire retourne les cartes quand je serai déjà à Londres il aura perdu la mise.

Et puis on échange les câbles, ceux à chiffrer, ceux qu'Alain a déchiffrés. On les lit, on fait le point et il s'en va sans avoir ôté son manteau. Demain matin pendant ma première cigarette, il montera avec les journaux, on boira le faux café de ma logeuse, on s'occupera du courrier de la nuit. Du mémo, si j'ai pu en terminer la rédaction, portant projet d'un Conseil politique de la Résistance… C'est étrange, de fabriquer ici, dans une chambre anonyme, des mots pour le vent, des phrases invisibles, qui traversent en ce moment et traverseront le ciel de France, et écrivent le destin de la nation. Si la nation se rassemble…

Mon Maurice, est-ce que l'amour suffira pour que je m'embourgeoise avec lui ? Il fait pharmacie et reprendra celle de papa-maman, l'officine Noël, de l'autre côté du Rhône, rue Victor-Hugo. Encore faut-il que notre jeunesse survive… Maurice, c'est ma racine lyonnaise. Deux ans et demi qu'on vieillit ensemble, enfin qu'on cueille chaque jour sans savoir si la vie produira des lendemains…

Fin juin 40, je suis descendue aux petites heures de l'après-midi en gare de Perrache d'un train rescapé du Nord, un teuf-teuf fugitif de l'exode, l'adresse d'amis de mes parents chiffonnée dans une main et mon sac dans l'autre. J'ai vu un gaillard bouclé blond, un solide à la Rodin, en bronze, s'escrimer à regonfler un pneu de son vélo juste là, contre la façade de la gare et j'ai demandé comment aller chez ces gens que je n'avais jamais rencontrés. Redressé, la pompe au poing, sa chemisette à carreaux verts gonflée de biscoteaux, j'ai eu devant moi un colosse antique aux yeux couleur piscine municipale. Moi je devais avoir l'air d'une moins que rien, pas lavée, la nippe en débâcle et une faim du diable, tellement que les cris de mon estomac faisaient s'envoler les moineaux. Parler de coup de foudre, si on veut, dans mon état de ruine j'aurais abordé un chien avec un chapeau. Quand même, il m'est allé droit au sentiment. De son côté, il est resté niquedouille, tout exorbité et muet, embarrassé à pas oser prendre le morceau de papier que je lui tendais. Pétrifié. Comment j'aurais deviné qu'il était bleu d'amour soudain ? Lui non plus ne se rendait pas compte. Je lui ai mis l'adresse sous les yeux, l'ai lue tout haut « Desmedt, 21 rue de Condé ».

— S'il vous plaît…

Peut-être ma voix d'outre-tombe l'a réveillé, il a froncé le sourcil, rue de Condé, rue de Condé, attendez voir, a revissé la valve de son pneu :

— C'est tout près. Je peux vous emmener ?

Forcément, je décaroche d'amour maintenant, mais sur l'instant je lui ai trouvé une voix de myosotis, de rhododendron, de camélia, ce garçon avait la fleur aux lèvres dès qu'il parlait. Et je persiste dans mon impression. J'y pense encore chaque fois qu'on s'embrasse, qu'il a des mots tendres et même s'il dit qu'il va pleuvoir.

— D'accord, mais pas au bout du monde… Je ne tiendrai pas jusque-là…

Et donc, hop là, je suis perchée en amazone sur le cadre de son vélo, accrochée au guidon, mon sac serré contre moi, il a pesé sur les pédales, genoux écartés en facteur et *avanti* ! Son nom il me l'a murmuré à l'oreille, Maurice Noël, et le mien il l'a entendu avec des trémolos, vu que ses pneus n'étaient pas assez gonflés et que je prenais du cahot plein les fesses. Heureusement, la course fut brève. On est arrivés comme ça, en petit couple des congés payés, chez les Desmedt, au 21 troisième gauche, et on a trouvé porte close volets tirés. Les bras m'en sont tombés. Et l'autre navré, Maurice, qui m'avait accompagnée jusque sur le palier, son vélo chargé à l'épaule, m'a regardée m'effondrer, commencer à renifler, a considéré ma détresse une bonne minute et il a eu ces paroles parfumées :

— Si vous permettez, j'ai la solution.

— Alors qu'est-ce que t'attends ? De devoir me porter sur l'autre épaule ?

Il a eu un ha, m'a aidée à me relever et on est redescendus, de front dans l'escalier, avec sa bécane qui cognait contre la rampe. En bas il m'a installée lui-même sur le cadre. Même pas protesté qu'il me soulevait par la taille.

Et nous voilà repartis à belle pédalée. Et c'était plus long, je ne sentais plus mon cul torturé comme si j'avais pris une rouste magistrale. Tout du long j'ai pleuré tant que j'aurais pu lui rouiller le pédalier avec la rivière de mes sanglots. Lui bombait le torse, le nez caressé par mes frisettes au vent, la joue presque contre la mienne. On a traversé le centre de Lyon, le Rhône, passé au flanc de chevaux attelés à des fardiers, frôlé des autos, on s'est frottés au vacarme des roues cerclées d'acier et des moteurs, sans que je puisse essuyer mes larmes. Ça fait qu'à ce début d'été j'ai visité la ville sous mon brouillard intérieur. On a enfin mis pied à terre place Raspail, devant le numéro 2. Même cérémonial, vélo en sautoir et les escaliers jusque sous les toits, une clé qu'il pêche dans sa poche, la porte ouverte sur une chambre de bonne et lui qui m'invite à entrer :

— C'est ma chambre d'étudiant. Elle appartient à mes parents. Je devais prendre mes indépendances à la rentrée… Pas grave, je dirai à mon père qu'en restant domicilié à la pharmacie, en aidant à préparer des pommades, des pilules, c'est le meilleur des apprentissages... et que le prix de la location servira à payer mes manuels... Il est radin, il dira pas non. Il est pharmacien, je vais le devenir aussi, mais pas pingre...

Houlà, méfiance, maman m'a toujours recommandé de faire attention, traite des Blanches et prostitution... Pharmacien, mon œil... Sauf qu'elle n'est plus là, maman, que le monde a chaviré, qu'il faut juste survivre et que je n'ai plus de jambes.

— Je peux pas accepter, Maurice...

Par politesse. Je sais bien qu'au moins ce soir je vais dormir sur cette courtepointe à fleurs. Même que ce serait bien de travailler à cette petite table devant la lucarne ouverte sur le fleuve, faire la dînette sur le petit réchaud à alcool. Le minuscule coin toilette-évier de cuisine, je m'en contenterais... J'habiterais seule pour la première fois. Je suis là, à tourner sur moi-même, ballante, avec la sensation précise que mes larmes ont balafré mon visage crasseux de pérégrinations :

— ... Ou alors le temps de trouver autre chose, quand j'aurai pu joindre les Desmedt, rue de Condé...

Maurice est toujours debout, massif, sur le seuil de la porte, tout réjoui :

— Tant que tu voudras... Tu fais quoi ? Comme métier...

— Je vais m'inscrire en histoire.

— Et tu comprendras celle qu'on vit en ce moment ?

— Je te parle du Moyen Âge, de Louis XIV, pas d'histoire d'amour !

Pourquoi j'ai dit ça, à l'instinct, avant toute pensée ? Maurice est tout rouge et moi pivoine, je le sens, les joues en fusion :

— … C'est pour rire, Maurice !

— J'avais compris. Repose-toi, je reviendrai tout à l'heure…

Et hop, il rendosse sa bécane et il n'y a plus que ses pas.

Alors je me rends compte que j'ai oublié d'avoir faim. Tout à l'heure… Il me reste une cinquantaine de francs, après il faudra compter sur les Desmedt et leur correspondance avec papa. Mais ce soir je mangerai. Après avoir dormi ! Dormi ! Trois secondes pour vider mon sac, attraper ma serviette éponge et me débarbouiller à l'eau froide et de fond en comble, et c'est bon, parce que je m'aperçois qu'il fait ici des chaleurs d'étuve. Je crois que je m'allonge sur le lit même pas complètement sèche. Et puis quelqu'un tire brutalement une couverture noire sur le jour lumineux.

En fin d'après-midi j'ai été réveillée par le glissement soyeux d'une roue libre tournant dans le vide et surtout par un timbre de vélo, dring-dring, sur le palier. Par réflexe des semaines précédentes, toujours en qui-vive, assoupie d'un œil, ou tirée d'un sommeil de brute par la sirène des avions, les bombes, je suis debout d'un coup, nue et désorientée un instant… À Lyon, je suis à Lyon…

— C'est Maurice… Maurice Noël…

C'est pas enfui, mon impression de fleurs, j'entends à nouveau le parfum de sa voix.

— Oui ! Tout de suite !

Ma robe pistache, la seule potable, en crêpe, boutonnée devant, à manches gigot, est toute bouchonnée au fond de mon sac. Tant pis, je l'enfile et j'ouvre. Maurice n'a pas changé d'un iota, gigantesque et impavide, l'air d'un berger de la mythologie grecque. Sauf qu'il a toujours le pouce sur la sonnette de sa machine appuyée à sa cuisse, et qu'il est grave, pâle, mais pâle, presque officiel :

— Je t'aime, Agathe.

Sur ses lèvres ont fleuri des lilas par brassées. Il m'a complètement estomaquée avec ses mots d'un mauve tendre, faut que je me souvienne de ce moment unique, de cette première fois de déclaration, et que le premier garçon à me dire l'amour a gardé ses pinces à vélo, et que je lui arrive pas bien haut, même pas au cœur. Toute bête, ainsi, avec son pneu avant qui m'agace le genou, je réponds :

— Moi aussi, Maurice…

On n'oubliera jamais, il veut tendre le bras pour me toucher la joue et déclenche son timbre, dring-dring, et forcément le temps reprend son vol, le nuage idyllique fout le camp. Et on rit doucement, de se savoir ridicules et splendides, parce que c'est aussi bien de lâcher la bonde, l'émotion on en est pleins maintenant. On se connaît depuis quoi, une poignée d'heures, on pourrait respirer tout l'air d'une montgolfière tellement on a gros sur la poitrine, et ailleurs, aux alentours de France, ça meurt, ça charogne, il dort dans les fossés de l'exode des enfants ensanglantés, des militaires sans bataillon, dépenaillés, dérayés, le fusil traîné par la sangle, pleurent en regardant venir des Allemands aux uniformes impeccables, des vieux s'asseyent au bord des champs et lèvent les yeux sur le Stuka qui pique droit sur eux, et nous, nous, tout petits, peut-être au meilleur de notre petite vie timide, à l'instant où on se dit la romance rose, on sait qu'elle s'annule de la souffrance, de l'humiliation, des morts au long des routes, des villes investies, éventrées, de tout le sordide qui paraît au grand jour, et du pays jeté aux chiens.

Bien sûr qu'après le trivial des corps a repris ses droits, que Maurice a posé son vélo, est entré, qu'il avait des cerises dans un cabas pendu à son guidon, du jardin, des cerises cueillies par lui, qu'il me regarde dévorer pendant qu'on se bouffe des yeux, assis au bord du lit, qu'on n'ose pas se toucher et que je réalise être totalement nue sous ma robe légère, qu'à ma toilette de tout à l'heure j'ai balancé ma jupe, mon chemisier, mes sous-vêtements par-dessus les moulins, bien en évidence… Même pas sûr que Maurice ait remarqué. Il jouit de chaque noyau que je crache :

— Tu commences par le dessert…

— Dessert, hors-d'œuvre, tout ce qui se mange est bon à prendre.

J'ai dû montrer des dents à croquer un bœuf, ou faire la mendigote, il se lève tout en embarras :

— Crétin que je suis ! Tu n'as pas fait un repas depuis quand ?

— Hier matin… midi ? Une femme a partagé du saucisson avec moi sur un quai. Elle essayait de rallier Marseille et de s'embarquer pour Alger…

Il me relève par la main, me tire déjà vers la porte :

— À Lyon, la nourriture, ça compte…

Tout juste je saisis la clé, récupère mes souliers du bout des orteils, boucle la porte sans qu'il me lâche et on a une seconde comme des nigauds, encrinqués à pas pouvoir négocier l'amorce de l'escalier, son vélo entre nous qu'il essaie de prendre à l'épaule. Je crois que c'est moi qui me dresse sur les pointes, que mon souffle court dit assez mes envies, et Maurice se penche, son vélo valdingue jusqu'au palier du dessous, et c'est bien simple d'embrasser, de trembler, de lui griffer la chemisette, de sentir sa poigne à mes reins, et d'arrêter, d'essayer de reprendre haleine, les mains plaquées sur sa poitrine, et de voir qu'il a les yeux humides et d'en être chamboulée encore pire, qu'il faut se dépêcher de se reprendre avant de rendre vraiment les armes, descendre, récupérer le vélo, et se dire que c'est pas de bol de commencer l'amour de sa vie au début d'une guerre.

On va par la ville, déjà nos coutumes à nous, moi sur le cadre et lui à pédaler genoux écartés, mais lentement, comme si on voulait garder l'image d'une ville pas encore trop touchée par la guerre, en touristes de la place Bellecour, les Jacobins, il me fait le guide au passage, jusqu'à un bouchon, rue du Garet, en plein centre. Là, Maurice est le fils Noël, on le régale quels que soient les événements. On se retrouve à une table du fond, moi sur une banquette de vieux cuir et lui devant moi, dans un coin tamisé, le cliché du dîner en tête à tête. Pas de menu de restrictions pour nous, le patron nous soigne personnellement. D'autorité, il nous verse du vin, pose la bouteille sur la table et il nous reste à trinquer et à se demander ce qui nous arrive. Maurice ne cille pas, il me contemple comme une statue, un tableau, et je commence à comprendre qu'il est en attente de moi, patiemment. Alors je lui dis ma vie. Lille, mes études au lycée Fénelon, la famille idéale, papa ingénieur SNCF, maman maîtresse de maison, la vie bourgeoise de province, ma passion pour l'histoire, mes amies déjà occupées à chercher un beau parti, la « drôle de guerre » là-dessus, mon père qui reste à son poste et nous expédie, maman et moi, sur les chemins de fer de l'exode, les trains stoppés, détournés, bombardés, maman qui meurt en route et moi qui continue, de bus en tortillards, aidée par des cheminots, par des braves gens de rencontre, jusqu'à aujourd'hui, jusqu'à notre destination finale, les Desmedt, un ancien collègue de papa qui devait trouver à nous héberger. Maurice écoute. Il mange méthodiquement alors que je me goinfre, que je parle la bouche pleine, qu'on apporte une autre bouteille.

À la fin du repas, comme j'attends d'exploser, bourrée de charcutaille jusqu'à la gueule, et de patates, et pas mal partie de ce côtes-du-rhône lourd, moi qui bois rarement, en jeune fille bien élevée, il me prend les mains :

— Tout à l'heure, tu étais sincère ?

— Quand ça ?

— Ben, quand on a parlé d'amour…

— Autant que toi, Maurice.

— Alors… Bien… bien… C'est pas trop vite ?

— Heureusement que c'est allé si vite, sinon je douterais de toi.

Maurice a cette brève immobilité que je connais déjà, ses yeux d'eau calme dans les miens, il se lève pour régler la note et on quitte le bouchon, main dans la main. Le patron n'a rien perdu de la scène, demain, la semaine prochaine, papa Noël saura que son fils régale une coquine…

Après, dans la jeune nuit toute chaude, Maurice me raccompagne place Raspail, à pied, son vélo d'une main et moi de l'autre, parce que j'ai peur qu'une longue chevauchée sur le cadre ne me provoque des nausées, empifrée que je suis. On ne parle même plus de nous, ni de nos avenirs, de ce qu'on va faire de ce foutu amour, comme un déjà vieux couple qui sait tout. Je prends mes repères, entre Saône et Rhône, place des Jacobins, des Terreaux, place Bellecour où commence la rue Victor-Hugo, voilà, Maurice y habite, à cent mètres, trottoir de gauche. Et si je m'inscris en histoire la fac est tout près. Pour rentrer chez moi, il faut redescendre vers le pont de la Guillotière, passer le Rhône, juste en face de l'Hôtel-Dieu, tu vois, c'est simple…

Pendant notre périple, on a croisé des passants pressés, des petits groupes aussi, en discussion animée au coin des rues, visages tendus, vu des consommateurs consulter les journaux aux terrasses des bistrots, des types debout lisant par-dessus leur épaule, et des lambeaux de familles en errance, le baluchon à l'épaule, les yeux sur les plaques des rues. Des réfugiés, comme moi. Nous on a évoqué la guerre juste au moment de se séparer, en bas de mon immeuble… La débâcle totale, la déroute de nos armées, les Allemands entrés dans Paris le 15, la marche inexorable vers la Loire ensuite, les villes de la zone occupée désertées et l'armistice, le retour du maréchal Pétain, l'installation de son gouvernement à Vichy et la ligne de démarcation qui coupait désormais la France en deux. J'étais passée *in extremis*. Mais revoir Lille, avoir des nouvelles de mon père, je pouvais en faire mon deuil avant longtemps… Maurice a parlé de l'appel à la Résistance du 18 juin, lancé sur les ondes depuis Londres par un certain de Gaulle, né à Lille justement… Comment je l'aurais entendu dans mes bérésinas ? Étrangement, après mes enfers, après les colonnes de voitures surchargées, les chars tirés par des percherons avec des vieillards couchés sur des matelas, les bagnoles abandonnées au fossé, les cités dévastées, mises à sac par des gens de corde, et les morts impudiques commençant de pourrir au bord des champs, étrangement je tâchais de peser notre défaite comme un événement extérieur, cliniquement. Je me souviens d'avoir dit :

— Tu verras, Hitler vient de remporter une victoire à la Pyrrhus !

Maurice m'a embrassée :

— Puisque tu le dis… Monte dormir, maintenant.

Si jamais j'avais pu le prendre pour un doux géant romanesque, un rien écervelé, assuré des prébendes familiales, éloigné des réalités, j'aurais déchanté devant son regard d'intelligence tranquille. Il ne s'en laisserait pas conter, mon Maurice, par personne.

C'est seulement une fois dans ma chambre fournaise que j'ai craqué, gémi, sangloté, à l'idée revenue terrible de maman morte sans même que papa le sache encore. Et puis dans quoi je m'embarquais, tiens, j'avais passé la soirée dehors avec juste ma robe sur la peau, ni culotte ni rien, est-ce que j'étais devenue en quelques heures une dévergondée pour les beaux yeux d'un gigolo trop content de la proie facile ? Et me voilà partie à la débandade… Comme d'habitude je galope, en pensée je suis déjà aux extrêmes, incapable de résister aux assauts de Maurice, offerte, devenue esclave de mes sens, comme dans ces foutus textes de Sade que j'aurais voulu ne pas lire, cachés en haut de la bibliothèque de mon père… Mais non, Maurice est ma providence. Pourvu seulement que je ne tombe pas enceinte…

Cet hiver j'ai d'autres peurs. Maurice est entré en Résistance. Insensiblement, comme on se met au jardinage… D'abord il s'est contenté de fournir des médicaments, de faire le facteur d'occasion sur son vélo pour des copains. Depuis l'occupation de la zone sud, en novembre dernier, il participe à des actions dures. Même qu'il ne me disait rien, je le sentais tout noué parfois et pas franc sur son emploi du temps. Il a fini par m'avouer son engagement, à Noël, quand il a voulu qu'on aille seuls, en amoureux, décorer le sapin dans la maison de campagne de ses parents, entre Lyon et Saint-Étienne : après tout, Noël, c'est sa fête ! En Résistance il s'appelle Auguste, ce qui ne lui va pas du tout. Je l'ai rejoint dans le réseau début janvier. Par amour, pour venger ma mère, possible, surtout parce que la démocratie est le seul garant du droit des peuples à disposer d'eux-mêmes… Et que je veux être libre, que Pétain et ses sbires sont des barbares, pires que des Ostrogoths, des Scythes, qu'on manœuvre à faire devenir les Français fascistes de leur plein gré… Le consensus populaire est le fondement des dictatures depuis l'Antiquité, on nous le répète assez en fac, sauf qu'on oublie de se regarder au miroir de l'histoire… Parfois je me dis que l'adrénaline, les trouilles bleues, le sentiment de ne pas abdiquer notre dignité nous aident à supporter le froid, les privations et toute cette mauvaise herbe, trafiquants, collabos, miliciens, qui croît sur la misère du petit peuple. De plus l'imminence de la fin nous galvanise : le 19 janvier, à Anfa, au Maroc, Churchill a annoncé une attaque de l'Italie et un débarquement allié en France dans les neuf mois ! L'affaire est de notoriété dans la presse internationale, on en a les mains qui tremblent, même dans l'ignorance du lieu : la Provence, le Pas-de-Calais, le Cotentin ? Il faudra être prêt, paralyser les tranferts de troupes allemandes, leurs communications, prendre le pouvoir afin de le transmettre à qui de droit une fois le territoire national libéré… Et ne laisser aucune place au général Giraud. Il est resté du côté de Vichy dont il continue à appliquer les lois à Alger. Comment obéir à un chef qui se soumet à des décrets antisémites ? Nous attendons de Gaulle et personne d'autre... Les largages d'armes et de munitions se sont intensifiés, paraît-il... La répression aussi, dans la même proportion, des Allemands, de la police de Vichy, de la toute nouvelle Milice, des traîtres, le danger est partout... Et Maurice partout où le danger fleurit... Est-ce que j'y suis exposée moi aussi ? Au moins est-ce que j'en ai toujours conscience ?

Les parents de Maurice, j'ai fait enfin leur connaissance au nouvel an 43. Et j'ai compris pourquoi il s'esbignait depuis deux ans, me donnait rendez-vous place Bellecour, à deux pas de la pharmacie mais hors de vue, trouvait tous les prétextes pour m'empêcher de mettre les pieds à l'officine. Longtemps j'ai cru qu'il avait honte de moi, pas du même milieu, réfugiée, petite étudiante en histoire, de la valetaille ! Le cœur me pinçait d'être un amour inavouable ou, pire, d'être traitée en grue entretenue. Le courage m'a manqué de le confronter à ses mesquineries sentimentales et sociales. Jusqu'à ce séjour dans la maison de campagne familiale, rien que nous deux et le sapin, où je n'ai plus tenu. Je lui ai ouvert mon sac à grimaces. Il s'y attendait, m'a promis de réparer ses goujateries si j'y tenais... Comme ça, à notre retour à Lyon, il m'a amenée parmi les odeurs de pommades camphrées, devant les bocaux aux titres en latin, alignés sur des étagères, les tiroirs de médicaments, un comptoir patiné, et un couple en blouse blanche. Il me tenait par l'épaule. Pas la peine de me faire un dessin : Maurice craignait mon mépris pour ses parents, celui qu'ils afficheraient à mon égard surtout. Entre deux fontaines à élixirs verdâtres, un petit portrait du Maréchal était posé. Inutile d'espérer le veau gras et la fraternisation. Tout s'est déroulé mi-figue mi-raisin, sous de cruelles élégances mondaines. Madame Noël a attaqué dès les présentations :

— Voilà donc l'objet qui t'a fait renoncer à passer les fêtes en famille !

Blonde à chignon serré, visage de mystique cloîtrée, elle ne parlait qu'à Maurice. Le père, un hareng saur bilieux à fine moustache, bien calamistré, me prenait en charge. À distance, bien rangé derrière son comptoir, et à la troisième personne :

— Et elle fait quoi, la demoiselle ?

— Histoire, monsieur.

— Ah, future fonctionnaire… Justement ceux qui n'ont aucune importance dans l'histoire !

Madame a eu un rire de bois mort sans un battement de cils pour monsieur ni pour moi. Ils devaient attendre le client ainsi, toute la sainte journée, regards parallèles au-delà de la vitrine aux lettres de céramique collée « Pharmacie Noël ». Je me suis sentie moche dans mon manteau de tissu bouilli, échevelée et rouge de froid. La main de Maurice tremblait à mon épaule et ses mots n'avaient aucune odeur. J'ai cessé d'écouter. Le père, régulièrement, cueillait du bout de l'index une goutte qui filtrait aux robinets d'eau de Cologne et la posait sur ses cheveux qu'il lissait ensuite de la paume. J'ai laissé couler les conseils patriarcaux, les études avant tout, raison garder, tenir son rang, travailler au redressement de la France… On me questionnait, Maurice répondait, ma mère morte pendant l'exode, mon père ingénieur SNCF à Lille, la séparation et le deuil, mes tuteurs amicaux Desmedt, rue de Condé, le loyer de la place Raspail versé ponctuellement, le mérite à passer ma licence, les concours malgré le sort acharné… J'étais les deux orphelines à moi toute seule, un mélo ambulant. Les pharmaciens gardaient les yeux secs et les mains dans les poches. Plus Maurice chantait mes louanges, plus ils craignaient la séductrice vénale, la capteuse de patrimoine. Encore que ce ne fût là que des réflexes de bourgeois inquiets du pouvoir exercé par le cul des cocottes sur les puceaux en espérance d'héritage. Ils ont fini par formuler leur peur profonde. Monsieur, l'air de ne pas y toucher :

— Soyons vigilants : toutes ces universités de lettres et beaux-arts ne sont que des nids à communistes. Elle n'est pas dans le camp des terroristes, au moins, la demoiselle ?

Et madame opinait avec des mines d'onction. Ça, j'ai entendu clair et répondu clair :

— Dans celui de la France. Comme vous, n'est-ce pas ?

Et, franco, j'ai contourné leur zinc à poisons, pour leur claquer deux bons bisous. Ils en avaient encore des stupeurs quand on est repartis, Maurice tout guilleret de mes initiatives d'armistice, p'pa, m'man, à tout à l'heure !

Le soir même, dans ma turne, je prenais Maurice au colback de sa canadienne, j'entrais en Résistance à ses côtés, content ou pas. Et mon colosse aux pieds tendres, mon Achille aux larmes de héros homérique, m'a serrée fort, embrassée dans les frisettes, aux revers du manteau, qu'on était deux ours polaires en train de se lécher les vêtements, rapport au froid bleu chez moi :

— Pardonne à mes parents, ils n'ont jamais eu à réfléchir… Et toi, c'est comme si tu venais d'accepter de m'épouser… Cette vie qu'on va partager dans la doublure de la vie, jamais on n'aura rien de plus solide entre nous… Mais tu te feras pas prendre, hein ? J'en mourrais.

— Non. Tu continuerais. Et puis, si je ne m'abuse, tu m'as demandée en mariage ?

— Moi, pas du tout ! J'ai dit…

Et le reste, on l'a confié à nos lèvres.

Février 43

Ce matin, à L'Étoile, monsieur Martel m'a surprise. Je suis arrivée en même temps que lui et j'ai failli le renverser avec mon triporteur. J'avais les mains glacées bleues et pas assez de force aux doigts pour freiner.

— Houlà, mademoiselle Agathe Morisot ! Tu veux me tuer ? Où as-tu trouvé ce cheval de bataille ?

— C'est un cheval sacré, il appartient au curé de Saint-André.

— Je me doutais de tes relations avec le Ciel… Les miennes remontent à mes études de droit, à Montpellier : je faisais partie de la confrérie de Sainte-Agathe justement, une bande de fêtards en réalité… On ne risquait qu'une bonne cuite. Mais toi, je te sens l'âme d'une martyre, fais attention de ne pas finir jetée aux lions…

Toujours son ironie de dandy enroué un rien tendre, mais sur ses gardes, habile à jouer de la distance ambiguë qui crée la séduction et maintient en même temps l'écart… Continuer à m'appeler Morisot, je te demande un peu la blague de potache…

— Oh, je me défendrais à coups de livres…

Et j'ouvre le couvercle de mon engin sur mes alignements de volumes :

— … Bibliothèque paroissiale ambulante !

— Un vrai sacerdoce, par ces températures… Je t'offre un thé pour te réchauffer. Au choix : ronce, bouleau, frêne ?

— Monsieur Antonin en a au cassis…

— J'ai affaire à une spécialiste. Va pour le cassis !

Quand j'ai mon triporteur, même enchaîné-cadenassé, n'importe qui se damnerait pour le piquer, donc je m'installe tout près, juste de l'autre côté de la vitrine avec mes cours à potasser et un paquet de livres dont il faut vérifier les fiches. Monsieur Martel s'assied face à moi, commande bien fort, dc sa voix de gaze déchirée, nos thés de cassis, et je sens que, dos à la porte, il est plus en éveil, que son intérêt à mes études est plus lointain que l'autre soir :

— Alors, on planche sur quoi en ce moment ?

J'ai sorti mes notes, je mets la main dessus :

— Ne les faites pas s'envoler, aujourd'hui !

En même temps qu'il sourit large, il ôte son chapeau, dénoue son écharpe et ouvre son manteau. Mazette, il est en grande tenue, col dur et complet des grands soirs…

— … Toujours l'Empire romain… La façon de bazarder la république et de réaliser l'union nationale par le culte d'un seul homme, divinisé… À commencer par Octave-Auguste…

J'ai séparé mes chapitres en petits tas, « La politique religieuse », « L'armée »… Et, au moment où il saisit « La refonte de la cité », je me prends une sueur froide : mes messages codés sont glissés au milieu ! Martel lève un doigt :

— Ah, le dernier gigolo de Cléopâtre au petit nez…

— Non, lui c'est Marc Antoine, battu à Actium, ce qui provoque le suicide de Cléopâtre…

— Suis-je bête ! Quand même, l'humain, les amours, les haines, on en a déjà parlé, c'est ça qui fait l'histoire, non ? Au bout du compte, le corps de cette Égyptienne, Cléopâtre, est à l'origine de notre monde occidental... Rude leçon d'humilité. Qu'est-ce que tu en penses ?

Vite je récupère mes feuillets :

— Que vous me blaguez, c'est pas gentil... Permettez, ah, voilà... J'en suis au problème de l'*auctoritas*, ce pouvoir d'apporter sa caution à tout ce que décide le bon plaisir du Prince... C'est pratiquement un repère moral à observer par tous, d'autant qu'Auguste est également dépositaire du *numen*, qui est une sacralisation du *genius* de tout *pater familias*, protecteur de sa famille... Et Auguste est le *pater familias* de la nation, donc un dieu vivant... Comment une population peut-elle accepter ce tour de passe-passe ?

Et hop, ma prestidigitation à moi, je mets la pile de livres sur le chapitre compromettant. Martel a un soupir, laisse monsieur Antonin servir nos thés qui n'en sont pas :

— La plèbe urbaine, la paysannerie sortent de guerres civiles, d'une grave crise des institutions, elles sont exsangues et n'aspirent qu'à une figure de sauveur populaire, qui garantisse un nouvel ordre national, moral, sain... À partir de là, on est prêt à tous les cultes.

— Le même processus qui a amené Pétain au pouvoir, avec pratiquement la même dévotion...

— Si tu le penses... En tout cas, c'est le terreau de bien des dictatures. Pas innocent que Mussolini, Hitler fassent sans cesse référence à l'âge d'or de l'Antiquité, à ses vertus... Tu ne crois pas ?

— De Gaulle ne risque donc pas d'apparaître comme un sauveur, il se fout de l'Antiquité et prêche le désordre, la reprise de la guerre par chaque Français…

— Peut-être parce qu'il privilégie l'honneur, la dignité et la liberté du peuple à son confort servile…

Un instant de silence, à siroter nos saloperies noirâtres, chaudes au moins, à l'odeur de sous-bois. Si tu savais, monsieur Martel, que je suis une boîte aux lettres ambulante pour notre réseau, à Maurice et à moi, que la fiche de prêt de certains livres est un message codé, que je les porte à un contact et que je les récupère avec une autre fiche ! Ma seule pétoche est de me tromper dans ma liste d'emprunteurs. Ou que quelqu'un la trouve sur moi et comprenne qu'il y a matière à décrypter et remonte, par-delà le réseau, au niveau supérieur des membres de mon mouvement ! Que je ne connais pas, d'ailleurs. Sous la torture, je ne livrerais que Maurice, mon seul contact…

— On ne se reverra pas pendant quelque temps. Je vais m'occuper de ma galerie de peinture à Nice. On l'inaugure ce soir, 9 février 43, date historique !

— Ah, voilà pourquoi vous êtes habillé comme un milord à Buckingham !

Machinalement il remonte son écharpe sur la cicatrice de son cou :

— Oui, mais est-ce qu'ils voudront de moi, à Buckingham ?

Gros soupir, comme pour un vrai rêve déçu, son sourire à fossette, quelques pièces sur la table, au revoir Morisot, au revoir monsieur Martel, bonne inauguration et bon Buckingham, et il sort à l'instant où Maurice, en canadienne, la boucle intrépide sur le col relevé, m'apporte mon courrier de factrice clandestine. Est-ce que leurs regards se sont croisés ?

Ma galerie s'appelle Romanin, comme ce castel du Vaucluse où mon père nous menait, ma sœur Laure et moi, pendant les vacances… et comme mon pseudonyme de caricaturiste… En fait de caricature, mon petit raout en est une belle : préfet des Alpes-Maritimes, toubibs, notaires, maire et adjoints, épouses à chichis, fesses à pincer, si on ne sait pas que Jean Moulin est honorable marchand d'art à Nice ! Il y aura bien quelqu'un pour colporter la nouvelle aux Renseignements de Vichy… Mais personne j'espère pour comprendre l'ironie de la situation : je me cache ici sous mon vrai nom, comme si mes masques de clandestin, Max, Jacques Martel, étaient ma véritable identité que je doive celer… Je pense à Galilée, contraint de renier l'héliocentrisme par le pape Barberini, qui fait amende publique pour échapper aux tortures de l'Inquisition, puis se retire à la campagne comme un moins que rien, juste amateur des nourritures du corps, désormais méprisé pour sa lâcheté. Et qui, durant qu'il joue au benêt, rédige ses *Discorsi* avant de les faire passer en Hollande… Mon Jean, tu es aujourd'hui, à tout le moins, le Galilée de la France libre…

— Il n'y a de peinture que poétique…

Tiens donc, jolie phrase bien mondaine et définitive de Colette Pons, ma gérante-hôtesse… Ça plaît aux sybarites, ils se sentent intelligents… Oh, Colette, les hommes ont le nez aux cimaises et les yeux à ta chute de reins, je parierais que beaucoup préfèreraient s'offrir une caresse de toi plutôt que des œuvres à quoi ils n'entendent rien. Gens de pouvoir et d'argent… de compromission, de collaboration… Ces médiocres salauds s'attardent sur la photo de Pétain accrochée en bonne place plus que sur les tableaux… Tant mieux pour ma couverture… Et toi, Antoinette Sachs, autre femme de ma vie, mon soleil brun, mon abeille fidèle, à butiner de groupe en groupe, tu es également une glorieuse enseigne… Tout ce petit monde te sait peintre de talent, de surcroît muse du poète Paul Géraldy, et on te murmure des « Toi et moi » et des « Baisse un peu l'abat-jour » à l'oreille… Je n'en demande pas plus, flirtez, mes beaux messieurs, rendez jalouses vos épouses et maîtresses : un don Juan de province, ex-préfet qui se bat pour percevoir sa retraite, qui prend ainsi que je le fais à l'instant deux sirènes par le coude, en propriétaire, un homme si vulgaire ne saurait être un individu dangereux, le terroriste Max, le satrape de De Gaulle… Jouissez du spectacle… Tout le décor des mondanités est en place, le champagne est frais. Il me reste à faire moi aussi mon numéro…

— … Selon ma séduisante amie Colette, la peinture est poésie… Ma non moins troublante autre amie, Antoinette, dirait que la poésie est une peinture de l'âme… Je soutiens moi que la peinture, le dessin sont l'expression de la liberté… Considérez Maurice Utrillo, dont vous pouvez là, sur la gauche, face à l'entrée, admirer une œuvre… Oui, cette grande petite chose sur carton… Voilà un jeune homme ligoté par le destin : il est d'abord le fils de Suzanne Valadon, peintre célèbre, rude concurrence artistique donc pour surpasser sa mère… Sans père, il est adopté par un critique d'art espagnol en qui il trouverait plutôt un juge et qui lui donne un nom qui n'est pas le sien… Prisonnier de l'alcoolisme dès dix-sept ans, sujet à des bouffées délirantes, interné à Sainte-Anne, sa mère l'enferme dans sa chambre… Il n'est personne… Alors il peint d'après cartes postales, et réinvente la réalité extérieure ! Et, quand on a contemplé ses tableaux, tandis qu'on arpente le pavé de Paris on ne voit plus la rue du Mont-Cenis, le Sacré-Cœur, Montmartre qu'à travers ses toiles… C'est l'homme le plus libre qui soit ! Justement parce qu'il porte plus de chaînes que quiconque. Cette liberté, il vous l'offre, ainsi que les autres artistes que nous exposons aujourd'hui, Picasso, Othon Friesz, Dufy… Alors entrez dans leur monde, le nôtre lui ressemblera bientôt !

Hop là ! Ils applaudissent, merci merci, le caquetis remonte de deux tons, ces dames gloussent, ça commente doctement et sottement, deux ou trois regards mi-figue mi-raisin quand même, est-ce que je ne me serais pas montré insolent et séditieux dans un discours, antinational ? Et puis mes deux égéries se penchent sur moi et posent un baiser prolongé, en même temps, sur chacune de mes joues, et tout le monde rit en connivence, ce Jean Moulin, quel veinard ! Colette me glisse, à voix pressée, de ne pas pousser le bouchon trop loin… Et je t'aime de cette inquiétude, Colette… Les lèvres d'Antoinette m'embrassent encore, sur ma cicatrice cette fois… Oui, Antoinette, j'ai compris, tu me souffles de continuer à tenir mon serment de Chartres, d'employer ma vie de survivant à tâcher de faire mon devoir d'homme, et tu m'en sais gré, et je t'aime de cette complicité intime… Et puis tu ne supportes pas les effusions de Colette, la petite, la rivale gamine…

Et, à cet instant, scandale et rigolade, il se fait un grand bruit de verre brisé derrière moi : non seulement la photo du Maréchal vient de tomber mais sa chute s'est produite dans mon dos juste comme j'allais poser les fesses sur la table installée dessous. Ce qui fait que je m'assieds sur la figure du père de la patrie, et patatras ! Il y a un hooo général, une virgule de silence et on se précipite, ces dames m'époussettent le pantalon, me vérifient le fondement, si jamais des éclats de vitre avaient pénétré, n'est-ce pas ? Et moi, pendant qu'on me flatte le postérieur, je prends mon air officiellement navré à regarder un pékin, ruban de la Légion d'honneur au revers, redresser l'icône, l'appuyer au mur, que notre divinité tutélaire continue de protéger la galerie et la réception. Antoinette et Colette, je vous vois, mes chipies, dos aux invités, vous gondoler en faisant mine d'arranger les tentures de la vitrine, malgré l'envie tendre de vous écharper à belles dents, en rivales… Et si je pouvais, moi aussi, me décorseter…

Bien, on se calme, on rejette un œil distrait aux tableaux, l'incident jette un léger froid, les superstitieux y voient un signe, un augure funeste, ces dames se rajustent ostensiblement le rouge à lèvres, et en deux temps trois mouvements on regarde sa montre, on chuchote, on vide une dernière coupe, on prend congé… Cher ami, je vous souhaite toutes les prospérités, nous reviendrons avec ma fille, Nice est fière de compter parmi sa vie culturelle, blablabla, et autres salamalecs de façade…

Maintenant, on n'est plus que tous les trois à débarrasser le buffet. Mes belles ont tiré le rideau métallique, on sortira par-derrière. Si je sors… Dormir à l'appartement de la galerie ? Colette s'y est installée… Antoinette me verrait monter, on irait au crêpage de chignons entre mes muses… Passer la nuit ailleurs, ce serait à Beauvallon, enlevé par Antoinette, ou dans son studio de l'impasse Negrin, à deux pas… Mon Antoinette, est-ce que je peux encore combler les désirs de ton corps, du triste soir à la belle aube ? Être encore cet amant anonyme, entrevu de dos sur les dessins où tu t'es croquée nue et foutûment érotique ? Maintenant que Gilberte, ma lointaine, mon unique, ma Parisienne aux belles boucles, m'a donné congé, comme à un amant domestique, la tentation des écarts m'est passée et me vient la peur de n'avoir plus peur de rien, d'être tellement sans attaches, hors celles qui me lient à ma sœur Laure, que je marcherais sur l'eau sans ciller… Pourquoi aussi aucune de vous ne veut-elle me donner d'enfant ? Peut-être ai-je eu tort de vous demander cette grâce… Déjà Antoinette jugeait ce souhait déplacé, inutile d'y revenir… Et toi tu m'en veux, Gilberte, de cette condition d'amour qui n'en est pas une puisque tu es stérile. Je crains surtout de t'effrayer, que tu renâcles à être la femme d'un bandit de grand chemin… Tu souhaites devenir une bourgeoise installée, un comble pour toi, l'aventurière passée au lit de nababs internationaux… Parfait, comprends que je ne t'en chéris que plus, épouse ton industriel, ce Riedlinger cousu d'or, mais aime-moi, je t'en supplie, aime-moi !

Ah, j'allais oublier, ne pas laisser Colette exposée en cas de malheur, ignorante des coulisses de ma vie :

— Colette ! Pouvez-vous venir un instant, je vous prie…

Antoinette a un regard noir pour ma messe basse, mais elle croise mon regard et c'est fini sa jalousie ; elle, et elle seule avec Laure, connaît tous mes rôles.

— … Chut, par ici, écoutez bien, je ne peux pas parler haut : si je vous envoie l'ordre de vendre, par télégramme ou messager, vous fermez tout, juste fermer, rien d'autre, et vous quittez Nice sur l'heure. Tâchez d'envoyer les toiles à Aix, à cette adresse… Et ne dites rien à Antoinette… Chut, non non, pas d'inquiétude, vous avez été parfaite aujourd'hui, ne changez jamais…

Décidément, mes belles, j'ai peine à choisir avec laquelle de vous deux baisser l'abat-jour ce soir… Reste la solution du dernier train de Lyon… Si Alain m'attend à la gare, c'est du temps de travail gagné avant la réunion des mouvements unifiés demain et mon départ pour Londres, demain aussi peut-être. Je commence à haïr les peut-être… Même le résultat de mon voyage est incertain : subsides, armes, cadres sont nécessaires à l'action clandestine en métropole si on veut que toutes les forces paramilitaires, unies derrière de Gaulle, participent à la libération et soient caution du rétablissement de la démocratie, voilà mon credo. Reste à savoir qui peut aider à le réaliser. Les Anglais, de Gaulle ? À quel prix ? Je joue mon va-tout, celui de la Résistance, sur ce coup de dés.

Je ne croise plus monsieur Martel. Ni dans les escaliers ni à L'Étoile. Il doit vendre ses tableaux à Nice. Les habitués, Fred, Danièle, Théo, son absence ne les trouble en rien. Il serait déporté, leur indifférence serait aussi totale. Moi je le guette, je ne peux pas m'empêcher, nos conversations me manquent, pour des raisons à pas dire, même pas à Maurice qui voit mes distractions et s'inquiète ironiquement si j'attends quelqu'un.

Aujourd'hui il faut absolument que j'aille visiter mon unique amie, Irène. Elle a mon âge, une petite sœur myope, Jacqueline, et un père instituteur à Caluire. Elle habite au bord de la montée de Castellane et voit de son lit la mairie en limite d'une petite place à vieux arbres et pavillons bourgeois, dont un au jardin clos d'un mur bas et d'une grille, la maison d'un médecin. Celui qui la soigne. Et qui, d'après elle, a un frère proche de Vichy…

Irène était jusqu'à l'été 42 une roussette calée en histoire des religions, un ressort sur pattes, volubile, impertinente avec les profs, coiffée tout court, de l'optimisme plein les taches de son qui lui bouffaient le visage. Une fée Clochette telle que j'en imaginais Peter Pan amoureux.

Des amoureux, elle n'en aura jamais, Irène. Ne nous voilons pas la face. Elle va mourir de métastases cancéreuses et le sait, mais elle veut entrer dans les ténèbres licenciée d'histoire. Comme ça, les anges lui foutront la paix ! Alors, avec l'espoir qu'elle puisse passer les exams en juin, je lui apporte les cours recopiés aussi régulièrement que possible. D'abord un tram, puis la ficelle, le funiculaire de la Croix-Paquet, et un autre tram. Et chaque fois j'ai peur du pire. Sa mère m'ouvre, la petite Jacqueline accourt, remonte ses lunettes sur son nez, on chuchote des mensonges à propos des progrès de la maladie et je monte à sa chambre. Il fait soleil ou gris et Irène a la couleur des draps, sauf son regard vert.

Aujourd'hui la maman espère un mieux, grâce à un nouveau traitement, si seulement il n'y avait pas la guerre, Irène serait soignée normalement, guérirait plus vite, et s'essuie les yeux à un coin de son tablier. Jacqueline bâille sur une leçon de choses, les papillons.

Irène m'entend toujours grimper l'escalier, même au plus mal, et m'accueille avec la même phrase :

— On va pas se laisser abattre !

Sans que je sache si elle parle de son cancer ou de l'évolution des hostilités.

Ça ne rate pas, cette fois non plus, pas question de baisser les bras. Elle a repris du poil de la bête. Ses taches de rousseur sont au zénith. Mais sa chemise de nuit est bien trop vaste pour elle. Les livres et les feuillets épars autour d'elle pèsent plus que son pauvre corps.

— … Tu sais que j'adore les rutabagas ? Sans les boches j'en aurais jamais mangé ! Et je les digère parfaitement… En revanche, la saucisse que maman a tant de mal à acheter, ça passe pas. Tu vois : l'organisme tire parti des agressions… Il y a beaucoup de vert-de-gris en ville ?

— Beaucoup trop, évidemment.

— Tant mieux… C'est autant de moins sur le front russe.

— Tu parles comme les communistes, maintenant ?

— Comme mon père.

— Ah, pardon… Tiens, je t'ai apporté l'Empire romain, jusqu'aux Antonins…

— Un empire, je ne sais pas si j'aurai la force…

J'ai posé les cours à sa portée, me suis assise à son chevet, manteau ouvert, Dieu qu'il fait chaud dans cette chambre, et il a suffi de ma main à son front pour qu'Irène se laisse aller et se révolte à la fois, les larmes et les poings serrés sur le drap à le déchirer.

— Je guette les progrès du mal, je l'écoute m'envahir et je suis attentive à ma résistance, mes jambes, mes bras, ma vue. Des fois j'ai l'impression d'être une carte d'état-major et de me planter des petits drapeaux imaginaires sur le corps, défaite des reins, le poumon soutient l'assaut ennemi, victoire du cœur… Souvent, je me dis que je suis la France en résumé, et qu'on n'en sortira pas vivantes, ni elle ni moi…

Quand elle touche le fond ainsi, qu'elle coule comme une pierre lancée par un voyou dans une eau lisse, je hurlerais à la lune. Chaque fois je conjure, bêtement, en maman qui rassure une enfant douloureuse :

— Rappelle-moi : ça veut dire quoi, Irène, en grec ?

— La paix.

— Donc tu seras là pour la fêter après la libération, parole d'Agathe…

Et c'est pas la peine, ce petit rituel d'espoir, elle regarde par la fenêtre et imagine, je le sais, une voiture noire venir la chercher, le dernier voyage dont elle ne sentira pas les odeurs :

— … Donc fous-moi la paix et va retrouver Maurice… Avec lui tu risques rien, on fusille pas encore les amoureux !

— Pas si évident : Vichy réprime les baisers voluptueux en public !

Je ne peux pas lui en vouloir de ces accès de méchanceté, ni d'oublier que Maurice fait des miracles pour lui trouver certains médicaments impossibles. Quant à lui révéler ses engagements… Je me penche pour embrasser sa joue sèche et fraîche :

— Je reviendrai bientôt. Suis bien ton traitement et essaie de lire l'Empire romain… Si c'était le résultat d'un dévoiement de la république, du personnel de la démocratie ?

— Dis tout de suite le premier fascisme ? Allez, file, on raconte trop de bêtises, surtout moi…

Et puis, comme je resangle ma ceinture de manteau, déjà sur le seuil, elle se tourne :

— Quand vous ferez l'amour avec Maurice, pense à moi, s'il te plaît. Pas pendant, ce serait pas correct… Mais après, au moment de la perfection du monde…

— Promis.

Foutu escalier plein de brume, foutue loupiote qui n'éclaire pas, au revoir madame, oui, je l'ai trouvée bien, Irène, oui, Jacqueline, un bisou, et partir comme une voleuse, courir sous les arbres, courir, attraper le tram à la volée et écrire ton prénom du bout du doigt dans la buée de la vitre. Irène…

Les Desmedt, l'ami ingénieur SNCF de papa, mes tuteurs lyonnais, étaient revenus fin juillet 40. Aussitôt j'ai été riche. Soulagés qu'ils étaient de ne pas devoir m'héberger en plus de leurs trois mouflettes à Bon Dieu, leurs filles sur moule belle éducation, on n'a guère de place n'est-ce pas, et les petites sont encore petites, elles ont besoin de toute notre attention, et de bien manger, ils m'ont avancé deux mois de mandats. Et ils me feront boîte aux lettres, bien sûr. Surtout, si j'ai besoin de quelque chose, que je n'hésite pas. Dès que nécessaire, ils m'ont m'aidée à m'inscrire en mairie pour obtenir mes cartes de rationnement, à me légaliser, se sont mis en quatre pour moi... Ponctuellement, depuis plus de deux ans, ils me versent ma pension en liquide comme s'ils donnaient à une pauvre et que le Bon Dieu doive leur en tenir compte... Ils ont la trouille, font des réserves de provisions. Madame ne porte plus de bijoux et les murs du salon gardent la trace de tableaux décrochés. Oh, ils sont plus jeunes que mes parents, mais si usés de soumissions déjà, des sacristains aux yeux baissés. Il a le poil tout plat, lissé à l'eau sucrée, des complets sans âme, des lunettes rondes, épaisses à lui faire un regard de mystique visité, et elle, c'est une dolorosa dodue, chignon brun, des robes pleines de boutons jusqu'en haut, éternellement au pied d'un calvaire, la larme prête pour le premier crucifié venu. Inutile de dire que je les voyais en coup de vent. Marcel et Odile.

C'est pour ça, la fois où j'ai vu leur nom sur ma liste de lecteurs, là, quelques jours après l'an neuf 43, pour une de mes premières tournées, j'ai souri. Même pas étonnée vu que pour mes courriers clandestins je dépassais les frontières de la paroisse et que, de fil en aiguille, je recrutais une clientèle éloignée, des vieux souvent, complètement étrangers à mon réseau de Résistance. Sans faire attention que j'avais coché des titres précis pour eux, j'ai juste pensé que les Desmedt mettaient la dernière touche au tableau pieux : par économie et discipline chrétienne ils se décidaient à confier leurs lectures à l'autorité religieuse du père Bernard. Rien que de prévisible et qui m'arrangeait au mieux. Désormais je toucherai mes mensualités en même temps qu'ils feraient leur choix.

Bien sûr, quand je me suis présentée un midi, eh oui, surprise, c'est Agathe, biblio paroissiale Saint-André, ils en sont restés babas, eh ben pour un hasard… Bon, ils se sont regardés, discrètement embarrassés, comme surpris dans une intimité trouble, que je sois au courant de leurs goûts littéraires, et quand même on a vite papoté, de papa et de ses nouvelles au compte-gouttes, rien depuis un an en fait, jusqu'à ce que j'avoue ne pas avoir de réservation particulière de leur part, récemment inscrits, qu'ils consultent donc mon catalogue… Les titres non cochés je les avais disponibles, tout de suite, ceux soulignés je les apportais en fin d'après-midi, directement de mon petit dépôt à Saint-André. Ils ont obéi, feuilleté mon inventaire, l'air que finalement rien ne les intéressait là-dedans. Non, décidément, n'est-ce pas, Odile ? Mais peut-être qu'en voyant les livres, ils auraient une envie ? L'embêtant, c'est qu'il leur a fallu descendre dans le froid jusqu'à mon triporteur, sous le porche de l'immeuble. Alors qu'ils pensaient me voir leur tendre un paquet tout prêt, tout ficelé. Non, non… En fait je n'en menais pas large, certaine de m'être égarée dans mes adresses et incapable de retrouver quand je m'étais trompée de destinataire, vu qu'avec leur belle gueule de révolution nationale, de maréchalistes nous voilà, je ne pouvais pas leur donner ma dernière livraison spéciale, stupidement cochée à leur nom, *Le Château des brouillards* et *Voyage au bout de la nuit*, un Dorgelès et un Céline dont les fiches codées contenaient des messages pour un membre du réseau. Je me serais collé des baffes d'avoir mélangé ma tournée. Et je me piochais la mémoire : quand, à partir de quand j'avais délivré le mauvais courrier au mauvais correspondant ? Dès le début ? Toute façon, j'étais la criminelle des criminelles… À moins que Maurice n'ait cafouillé ses propres listes… Auquel cas on était deux jean-foutre, à mettre la vie des autres en danger… Et alors le réseau était compromis… Vite me débarrasser de ces deux-là et filer avertir Maurice que toutes nos boîtes aux lettres étaient grillées…

— *La Princesse de Clèves*, vous devriez aimer, Odile… Et vous, Marcel, je vous verrais bien dans *Crime et châtiment*… Faites-moi confiance…

J'ai sorti les deux volumes de mon stock, les leur ai tendus. Aucun des deux ne les a pris. Ils étaient là, pleins de frissons, sans manteau dans le vent venu des arrières de l'immeuble, et d'une voix blanche, d'un trait, pareil à un type qui annonce le pire, Marcel a dit en regardant les escaliers, la cour :

— On pensait à du Dorgelès, du Céline peut-être… Je vois que tu en as…

— Ils sont réservés.

— À un lecteur averti… Capable de les déchiffrer…

Ah ben ça, si je m'attendais ! Je ne sais plus comment je leur ai donné les deux volumes, recadenassé mon triporteur. Odile m'a entouré les épaules, comme s'il fallait me sortir de ce courant d'air :

— Monte un moment, Agathe, tu vas attraper la mort…

Ils n'étaient plus les mêmes. Ou mon regard avait changé. Plus vifs, plus complices, libres. J'ai eu droit à des bises, des vraies étreintes et des yeux dans les miens, mouillés, on a envoyé dans leur chambre les mouflettes intriguées par ma visite, ouste, et on m'a servi un verre de marc, du vrai, de Bourgogne, et on a trinqué. Et puis Marcel s'est accroupi près du fauteuil où ils m'avaient installée, dans leur intérieur chichiteux de gens à l'aise :

— Pas la peine de te faire un dessin… Le plan Vert, tu connais ?

— Non… Je ne suis qu'agent de liaison.

— Mais, si je t'en parle, tu te doutes qu'il concerne les chemins de fer ?

— Sabotages ?

— Au moment du jour J, du débarquement allié… Il faudra dynamiter en grand, paralyser les communications ferroviaires des Allemands… En attendant, on grippe la machine par des grains de sable…

— Et c'est vous ?

— Entre autres… Je suis très proche du responsable national du réseau Fer. Quand je dis national, j'espère qu'on y viendra, à une coordination effective des zones sud et nord. Ton père, à Lille, est peut-être aussi dans le coup… Tu le connais, il n'a pas dû courber l'échine… Mais Lille, la zone rattachée, c'est la Sibérie, on reçoit juste tes mandats… Et toi ?

— Rien.

— Oui, bon, il envoie de l'argent, donc il est sauf… Pour le reste, je ne peux pas t'en dire plus que ce déjà trop… N'importe qui parmi tes contacts de courrier serait capable de te dénoncer comme résistante, même nous. La torture déclenche des réflexes de survie séparés de toute morale et de tout sentiment civilisé… On ne voit que l'issue immédiate… Alors, sois prudente, pour ne pas donner un premier maillon du réseau… Ton contact… ou moi…

Et moi, malgré mon estomac retourné du sort inconnu de mon père, je réalisais à peine, soulagée, mais soulagée d'avoir finalement effectué ma tournée sans erreurs. Marcel et Odile en Résistance, ah ben dis donc ! À qui se fier ?

Mars 43

L'avion qui nous ramène de Londres, Vidal et moi, suit la Voie lactée des fleuves à travers la nuit, comme si nous étions dans un tableau de Chagall, un conte de fées russe. Plein de fées maléfiques… Mes séjours anglais se sont toujours conformés à l'évolution de la guerre, la mienne en tout cas… Fin août 39, Folkestone et Londres avec maman et ma sœur Laure : je posais à peine mes valises à Chartres qu'Hitler envahissait la Pologne ! Le deuxième, *via* le Portugal, entre octobre 41 et début janvier 42, quand j'ai remis à de Gaulle mon rapport sur l'état de la Résistance et proposé un projet d'unification des mouvements, ce deuxième voyage marque ma véritable entrée en clandestinité… Que suis-je encore de l'homme d'alors, le fougueux rebelle, capable de réclamer des pouvoirs au Général au vu de quelques feuillets de synthèse approximative ?

Pourquoi cette fois, lors de notre décollage pour l'Angleterre à la lune de février, l'ami Manhès, Frédéric, mon compère du premier épisode londonien, voulait-il m'empêcher de partir ? Parce qu'il jugeait que j'allais me heurter là-bas à des attitudes hostiles, à tous ces avides de mission en France, ces affamés de tourisme diplomatique qui fuient Londres et ses manigances, veulent se blanchir des cabales en frôlant un danger qu'ils ignorent et revenir avec une croix de guerre ? Ou parce qu'il devinait que mon absence de France permettrait toutes les manœuvres destructrices de Brossolette-Brumaire, digne représentant de ces usurpateurs au petit pied ? Mais je ne suis pas un chaperon rouge, je soupçonnais déjà ses dents de loup fin janvier quand ce cher Brumaire a déployé pour moi ses ruses de parfaite entente… et celles de Frenay-Charvet… Et celles de… Je sais la raison de leur haine. Depuis mon entrée dans la carrière, j'avais prévu ce mépris pour un jocrisse entré en fraude dans le sérail. Encore qu'avant-guerre, sous la Troisième, le jeu des relations, les intrigues d'influence locale aient constitué la règle du *cursus honorum*. Je ne faisais pas tache. Avoir été un grouillot de préfecture à Montpellier, pistonné par mon père et ses relations politiques, et finir, moi le faible en thème, à Chartres avec rang de préfet, le plus jeune du pays, a défrisé quelques ambitieux qui ont fini par m'admirer de m'être montré plus malin qu'eux. Même s'ils avaient la fringale de me manger la laine sur le dos.

Calme-toi, Jean, ferme les yeux, arrête de ressasser…

Aujourd'hui, c'est différent : au BCRA, dans les mouvements unifiés, je me heurte à une caste, pas à des concurrents. Charvet, Bernard et Gilles, Arquebuse et Brumaire, et leurs amis, Aubrac, Léandre, sont issus des grandes écoles. Je viens de la garrigue, des vignes biterroises et de la tradition populaire des droits de l'homme. Je suis un paysan de la politique. Avec l'accent s'il le faut ! Ils ont la morgue des saint-cyriens, des normaliens, des mines-ponts, des centraliens, Bernard me qualifie de « petit fonctionnaire appointé » ! Qu'ils me prennent donc de haut ! Messieurs, le pousse-caillou vous emmerde, sauf votre respect ! Moi, le retraité de la fonction territoriale, je n'ai rien à perdre de mes avenirs, hors la vie, pourvu que ce ne soit pas trop tôt, que ces professeurs de liberté n'aient pas le temps de me rectifier le brouillon d'Unité nationale de la Résistance, de me noter la copie, de me recaler. Si vous deviniez combien ma petite personne a peu de prix à mes yeux ! Après, une fois le territoire libéré, le pays rétabli dans sa souveraineté, vous tirerez de notre gloire commune les prébendes que vous voudrez, celles que vous craignez déjà de perdre… Peu m'importera… Non, pas vrai, je ne supporterai pas le retour aux fricotages de la IIIe République… Aux lâchetés devant les fascismes intérieur et extérieur, la Cagoule et Hitler, et Mussolini… Non, je serai là, messieurs, pour qu'on ne se partage pas, entre actionnaires de la liberté, des lambeaux du monde ! J'occuperai ma place ! Est-ce une médiocre et mesquine envie de revanche sociale qui me vient ? Je ne crois pas. Plus maintenant. Jadis, j'aurais pu avoir la brigue mauvaise. Aujourd'hui, simplement j'ai raison, je le sens, moi qui n'appartiens à rien ni personne, ni même à moi. Je suis lié au destin de la France. Donc à de Gaulle qui le cristallise. On ne peut plus revenir là-dessus. Les ganaches emmédaillées des états-majors n'avaient qu'à élever la voix en juin 40 et je serais à leurs ordres. Mais on ne fabrique pas des héros à rebours en un coup de cravache magique. Il faut le temps et des actes, une geste pour bâtir des légendes vives comme de Gaulle. Pas l'opportunisme militaire ou politique. Et désormais ma légitimité ne fait plus de doute. J'ai rang de ministre plénipotentiaire de la France libre, avec autorité sur tout le territoire comme délégué unique du Général dans la zone non occupée et dans l'autre, occupée. J'ai mes lettres de créance et des instructions précises. On m'obéira. Oh, peu importe l'office, si prestigieux soit-il, je n'en tire pas vanité, il ne faut pas ! Un homme, à Londres, m'a donné sa confiance et, par-delà la sienne, celle de la nation. J'en suis, depuis lors, dépositaire, ce qui ne se marchande pas. Et ce moment furtif où cet homme, de Gaulle, m'a épinglé, dans son salon de Hampstead, la croix de la Libération, je n'ai pas à en rendre compte, il n'appartient qu'à moi, « Caporal Mercier, nous vous reconnaissons comme notre compagnon, pour la libération de la France, dans l'honneur et par la victoire[1] ». Cette larme d'émotion qui m'a coulé, mon front blême, la palpitation à la cicatrice de mon cou, mes émois de distribution des prix, je n'en ai pas honte. Cette croix, elle est accrochée à l'âme de mon père et de mon grand-père qui vivent en moi. Ce ne sont pas des honneurs qui viennent de m'échoir mais la mission d'humanité la plus haute qui m'a été assignée. Sans grandiloquence. Et, pour l'accomplir, j'aurai mes maigres armes, mon savoir-faire de provincial, mes ruses de scribouillard préfectoral, d'habitué des banquets républicains, de négociateur, de maquignon de la république. Ce qui faisait de moi un fin matois, un roué de l'administration, me permettra de ne pas faillir par ambition ou faiblesse. Ou bien je serais un jean-foutre.

Voilà, maintenant je suis serein, il me fallait juste vider mentalement mon sac à rancœurs… Disons,

1. De Gaulle a employé le pseudonyme précédent de Moulin.

presque serein. Normalement, on ne devrait plus tarder à atterrir : il me semble qu'on perd de l'altitude...

Si tu vivais, est-ce que tu serais fier de moi, papa ? Suis-je maintenant digne de tes combats de pionnier radical de gauche, de militant des droits de l'homme ? De toi, Joseph, mon double disparu, mon frère absent, toi qui aurais été un prince ? Et de toi, maman, à qui je ne peux rien révéler, sinon ma tendresse ? Vous m'avez connu enfant gâté, je vous ai déçus et éblouis, j'ai réclamé des joujoux à l'âge de raison, cette voiture de sport, mon Amilcar rouge, payée de vos petits deniers, que je puisse épater la donzelle de sous-préfecture, faire le faraud d'après-bal, je vous en suis comptable, et d'avoir vécu au-dessus de ma condition, par pusillanimité. Oh, le fils prodigue, admiré de ses frasques, de son intempestif mariage avec une demoiselle de rencontre, une union pour la galerie ! Pardonne-moi, toi aussi, Marguerite, qui fus deux ans en Savoie ma femme intermittente, de t'avoir traitée comme une épouse d'ameublement, un Rubens de sous-préfecture. Alors que tu voulais devenir chanteuse lyrique, artiste... Moi qui ai trahi ma vocation de dessinateur, de quel droit pouvais-je juger de tes besoins, être un censeur ? Tout cela je vous l'ai fait subir à vous tous qui êtes entrés dans mes folies de grandeur, croyant que vous m'en étiez redevables, alors que je vous en serai éternellement débiteur. Maintenant, il me faut aller au bout de mon devoir d'homme, en beauté mais humblement, sans flaflas. Je rendrai des comptes justes à l'histoire à condition de garder le cœur pur d'un sans-grade... Et, à l'instant où je vais retrouver le sol français, où j'aperçois les bidons de pétrole enflammé qui balisent le terrain clandestin, j'ai peur... Il est plus facile d'être Brutus que César… Tiens, il faudra demander l'avis de Morisot là-dessus… Je suis ravi de la revoir bientôt… Encore que je devrais arrêter de jouer les Pygmalion avec cette petite, ne pas la mettre en danger… Mais elle me manquerait… Elle incarne trop ces promesses assassinées pour qui il vaut la peine de risquer sa peau. Pourquoi diable ai-je l'impression de la connaître de toute éternité ?

Les brouillards de Lyon valent bien ceux de Londres, qui poissent encore mes cheveux quelques jours après mon retour. À la sortie du cinéma, il faut s'emmitoufler, bien qu'on soit dans les derniers jours de mars. L'hiver abandonne ses armes derrière lui, comme une armée en déroute. Un monsieur âgé le déclame presque, grandiloquent, en nouant son cache-nez.

Alain et moi pensions arpenter le vieux Lyon calmement, à faire le point sur la situation de la Résistance, prévoir avant demain les câbles à envoyer à Londres, mais je n'ai pas tenu, la gorge irritée au possible. Vu le peu de sûreté des bistrots, ma suspicion envers les traboules, certes à sorties multiples mais facilement contrôlables par des miliciens lyonnais, une fois n'est pas coutume, nous avons fini par entrer dans une salle obscure, presque déserte, et, abandonnés par l'ouvreuse, nous installer au fond avec une dizaine de rangs libres devant nous, qu'on ne nous entende pas chuchoter. On donnait *Les Visiteurs du soir*, avec Cuny, Arletty, Marie Déa et Jules Berry… Le film débutait juste, après les actualités de propagande qui nous auraient révulsés, prétendues victoires allemandes sur le front d'Afrique du Nord et vaillance du peuple français devant les difficultés du quotidien dues aux communistes et aux terroristes... Alain je ne sais pas, moi j'ai fort peu regardé l'écran. À l'Opéra je n'aurais pu m'empêcher de suivre la musique, les chanteurs et j'aurais été distrait... Pourquoi j'ai eu cette idée, à cause de Marguerite ? J'y pense trop, ces temps-ci, et à sa chair de jeune diva... Tant mieux donc, ce film. J'ai pu écouter Alain. Il a toujours eu le rapport facile, synthétique, présenter les faits, les conclusions à en tirer, puis me laisser analyser, prendre les décisions et en prévoir la communication, dont il devra se charger.

— Alors, Alain, comment a évolué le tableau depuis un mois ?

Première préoccupation dont il me fait part à mi-voix, les yeux sur l'écran où vit le Moyen Âge en carton-pâte du film : le décret instaurant le Service du travail obligatoire en date du 16 février. Après la Relève, où Vichy demandait des volontaires pour aller travailler en Allemagne et permettre le rapatriement de prisonniers en proportion sans cesse déclinante, Pétain a décidé d'envoyer les classes 41, 42 et 43 dans les usines allemandes. Résultat : ce que nous avions parié dès fin janvier, un nombre de réfractaires à la déportation sans cesse grandissant qui se constituent en maquis, réclament des armes et un affrontement, tout de suite... Du pain bénit non seulement pour le PC et le Front national mais aussi pour les mouvements qui veulent accroître leur obédience... On va jusqu'à prévoir des bastions armés dans les usines.

Je suis conscient du phénomène qui s'amplifie, j'ai lu les télégrammes parvenus à Londres où Bernard parle d'une France menacée d'être vidée de la totalité de ses hommes valides en deux mois... De Gaulle table sur une réserve de cinquante mille hommes. Est-ce que je peux y croire ?

— On va câbler à Londres… que la situation est pire que je ne pensais, d'abord… Outre cela, outre les cartes d'alimentation et d'identité, des subsides, des armes sont quand même nécessaires, Alain. Trois avions ne sont pas rentrés en Angleterre après le dernier parachutage du 14 en Savoie.

— Je sais, les maquisards n'ont rien récupéré, ni papiers ni armement.

— Il en faut à ces hommes en suspens pour rester sur le pied de guerre, se défendre contre les raids et les opérations de police jusqu'au jour J, qui n'est pas pour demain… Je le crains…

— Les militants des mouvements, même les chefs, continuent à croire le contraire. Ils sont prêts à l'insurrection généralisée, grâce à ces mêmes armes et crédits… D'ailleurs la Savoie a commencé de se soulever… Évian-Grenoble… Ça grogne, on vous désavoue… Ne pas pouvoir s'opposer à la déportation fait chuter les sentiments gaullistes, même dans la population, et les résistants, après deux ans d'espoir, sont déçus par l'inertie des Alliés… Pas d'attentisme, de l'action immédiate ! Les FTP veulent tuer cinq cents Allemands par jour !

— L'AS n'y survivrait pas, on irait au massacre et les Alliés n'auraient plus d'appui en France le moment venu… On sabote, on ralentit la machine de guerre allemande, c'est tout ! Les mouvements ne sont même pas foutus d'éliminer les voitures gonio qui repèrent nos émetteurs et nous privent de radios ! Il a fallu une initiative individuelle pour en dynamiter deux devant l'hôtel Terminus, je l'ai su à Londres… Alors, pour les leçons d'efficacité, ils peuvent repasser, Charvet et consorts ! Quant au PC, il fait la politique de Moscou : attirer en France, par une guérilla intensifiée, des divisions allemandes qui manqueraient sur le front russe… On n'a pas besoin de cela… Il va falloir envisager de ne plus financer les Francs-Tireurs et Partisans…

— Ils vont me haïr quand je leur annoncerai…

— Vous le ferez en temps voulu. Et puis je me souviens d'un exemple de grammaire latine particulièrement cynique : *Oderint dum metuant*, « Qu'ils éprouvent de la haine, pourvu qu'ils craignent »… Qu'ils obéissent, devrais-je dire, mais mon latin est bien loin…

— C'est vous qui décidez… J'ajouterai que l'AS est plus que jamais en péril… Le 15 j'ai échappé à une souricière, rue de l'Hôtel-de-Ville… Je venais livrer des fonds et dans l'escalier je vois un balai qui s'agite par une fenêtre, comme pour dire non. Sans vraiment réfléchir, je suis reparti et j'ai eu du flair : c'était la propriétaire de l'appartement, enfermée dans les toilettes, qui donnait l'alerte. Aubrac, Legrand et Fouquet, juste de retour d'inspection des maquis, justement, avaient été pris tout de suite et les Allemands attendaient sagement que d'autres arrivent… Morin-Forestier, alias Marchal, est de la fournée, sa secrétaire aussi… Donc plus de chef d'état-major à l'AS… Aubry-Thomas le remplace…

— Coup dur, effectivement. Conséquences pour le reste de nos organisations ?

— Les archives de l'AS ont été saisies. On peut considérer que la Gestapo en connaît désormais l'organigramme, et plus peut-être… Le plan Vert de sabotage du réseau ferré… La situation des maquis, Haute-Savoie, Vercors… On ne sait pas exactement ce qui a été pris… Mais je crains une vague d'arrestations…

La Gestapo a vraisemblablement des listes de noms et de pseudonymes. Peut-être le vôtre…

— Reste à m'identifier, espérons que cela prendra du temps. Une certitude : nos amis ont déjà été interrogés, le seront encore… Sous la torture on parle, c'est bien humain… Vous allez organiser votre transfert à Paris, avec l'essentiel de la délégation. Il faut admettre le pire, par principe de sécurité, et considérer toutes les boîtes aux lettres comme grillées.

— Vous savez bien l'impression d'invulnérabilité de ceux qui ne sont pas encore arrêtés… Mais, bon, je vais donner la consigne. Reste le problème de la mission Brumaire.

— Ah, Brossolette… Celui-là ! J'ai lu le rapport de Meunier-Marmet. On va à l'affrontement. Frédéric a déjà dû regimber, des nouvelles ?

— Aucune.

— Dire que je croyais l'avoir mis dans ma poche en janvier, mon Brumaire, et le voilà à envisager quand même un comité de coordination autonome avec le Front national, émanation du PC, soi-disant pour calmer les impatiences des mouvements de zone nord ! Je vais le rappeler à l'ordre avec ma nomination de ministre et un mot du commissaire à l'Intérieur que j'apporte de Londres. On crée un Conseil de la Résistance pour l'ensemble du territoire au sein duquel sera choisi un comité d'action permanente… Point final.

— Espérons que ça suffira. À cause de ses démêlés avec Giraud et les Alliés, la faiblesse de De Gaulle est de plus en plus perçue chez les résistants qui se sentent eux, puissants… Charvet, Bernard et Gilles ont toutes les prétentions aujourd'hui… Sans abandonner de Gaulle qu'ils pensent contrôler, ils ne veulent plus passer par vous… Le terrain est favorable pour Brumaire…

— Alors je demanderai son rappel d'urgence à Londres. Même chose pour son acolyte Passy… Ensuite il faut s'allier les syndicalistes et les socialistes… Notons-le. Voir aussi si on ne peut pas faire désavouer Charvet par le comité directeur de Combat, diviser un peu pour régner… En revanche, tâcher de retarder son départ possible à Londres. Idem pour Bernard et Gilles… Qu'ils n'aillent pas me débiner à une période cruciale… Si je résume, j'ai à calmer la fronde des chefs de mouvements, dont il faut aussi augmenter le financement, leur faire accepter Vidal au commandement de l'AS, améliorer le sort et l'utilisation des réfractaires au STO et des maquis, et mettre sur pied le Conseil de la Résistance…

— Et à ne pas vous faire prendre, Max.

— Je ne suis pas irremplaçable.

— Pour encore longtemps, si.

À moi donc d'atteindre vite mes objectifs… Sur l'écran, le film que je n'ai pas vu, hors quelques images de fin, se termine, la salle se rallume et, comme on est au dernier rang, on est dehors en quelques pas.

C'est là que je pense au brouillard de Londres parce qu'ici il a encore épaissi, on n'y voit guère, et la lumière des lampadaires, éteinte par cette étoupe grise, n'arrive pas au sol. Les conversations d'après projection se croisent, dégoulinantes d'humidité, pendant qu'on rajuste manteaux et cache-col, Jules Berry vraiment diabolique, qu'est-ce qu'Arletty est belle, Gabin, Gabin aurait été bien là-dedans… Et puis ce vieux monsieur et son armée en déroute, dont la femme hausse les épaules. Juste au moment où je tourne la tête, voir s'il a de l'ironie dans l'œil, risque une allusion voilée à la situation militaire en URSS, ou à celle d'Afrique du Nord, on me touche le coude… Un éclair de seconde je suis sûr qu'on est raflés, des hommes en civil nous ont entendus pendant le film, et ils nous attendaient…

— Ça vous a plu, monsieur Martel ?

— Oh, Morisot ! Tu m'as fait peur !

Elle est avec son Roméo blond, immense, qui me tend la main, tout chaleureux dans sa canadienne à col relevé. Je ne comprends même pas son nom. Alain, respectueux de nos consignes de sécurité, ne me connaît plus, il est resté à l'écart comme un passant de hasard, s'éloigne déjà, confondu au brouillard.

— Enchanté…

Morisot, rouge de froid et la frisette emperlée, mal protégée par son méchant manteau beige, est tout enflammée. Elle se penche vers moi, en confidence :

— Dites, vous avez compris toutes les allusions à la Résistance ?

— Je dois dire que…

— Au moins la fin !

Ah oui, la fin, le diable qui soufflette la statue où continue de battre le cœur des amants pétrifiés. Mais comment comprend-elle la scène ?

— Le diable, Berry, c'est Hitler, ou les nazis… Toute la belle société du château, Vichy, tombe sous son charme… Et il triomphe sur tous les tableaux… Mais il peut avoir l'impression d'avoir réduit Cuny et Marie Déa au silence, non, ils vivent encore ! C'est la France, la Résistance qui ne cessera jamais de lutter…

— Comme tu y vas ! Un conseil : même si tu as raison, ne le crie pas sur les toits. Il a poussé des oreilles supplémentaires à beaucoup, si tu me comprends… Même moi, tu ne me connais pas…

— Oh si, vous, je vous connais… Et vous n'imaginez pas la confiance que je place en vous.

Elle est là, devant moi, redressée, et jamais je n'ai vu sur un visage une telle dévotion limpide, au point d'en être interloqué, bouleversé à sentir la larme me venir. Comme à l'accolade de de Gaulle… Cette fois à cause d'une petite donzelle dans le brouillard.

Avec Maurice, on est partis pleine brume vers ma turne de Raspail, comme des Hollandais volants naviguant à l'estime dans le centre de Lyon. Plus de transports après vingt heures, couvre-feu à vingt-deux heures, pas question de traîner… D'abord on se tait, serrés à grelotter, le bras de Maurice autour de mes épaules. Jusqu'à ce qu'il dise tout bas :

— Faut être prudents, Agathe… Sans bien se rendre compte monsieur Martel a raison…

Même la buée aux lèvres, même en murmure, il trouve le moyen de semer des pétales de jasmin, de camélia parmi ses phrases. J'en ai le parfum aux oreilles.

— … On n'est plus sûrs de nos boîtes aux lettres à cause des arrestations récentes à la tête des mouvements… Les cadres régionaux et les fourmis comme nous suivront si on ne coupe pas les fils de la toile d'araignée… La Gestapo a saisi des documents dont on ne connaît pas le contenu exact… J'ai été alerté directement par Didot, le patron, qui craint pour son plan de sabotage des communications ferroviaires… Sa secrétaire Christine Denoyer a été arrêtée le 15…

— Et comment je fais, moi ? Je suis une boîte aux lettres ambulante ! Un facteur qui dépose le courrier en mains propres, pas dans un vestibule d'immeuble…

— C'est tout le problème… Si un seul de tes contacts est identifié, ils te tendront un piège et tu auras sur toi la liste des correspondants du réseau dans celle de tes lecteurs. Il leur restera juste à tout vérifier, déchiffrer notre code, et remonter les filières grâce à chaque contact démasqué…

— Alors on arrête ?

— Tant qu'on n'a pas réorganisé le reste des liaisons, il n'y a que toi… On limite aux messages essentiels… et aux contacts sûrs… Je vais monter chez toi, qu'on revoie ta liste ensemble… En attendant, recommande à tes lecteurs de redoubler de précautions. Vérifie les voitures stationnées avant d'entrer dans un bâtiment, quand il y a un concierge, demande si monsieur ou madame Machin sont là, écoute aux portes avant de sonner, méfie-toi des nouvelles têtes… Conviens d'un code : un paillasson déplacé si les Allemands t'attendent, un rideau ouvert à une fenêtre de façade quand la voie est libre… Demeure un risque majeur : les agents retournés au moment de leur détention. Ils reprennent leur place dans le réseau et renseignent les Allemands…

— Et on s'en rend compte trop tard, évidemment… Est-ce que j'aurai le courage de continuer, Maurice ?

On y voit tellement peu, au long des rues, qu'on se trompe une fois et constamment on pense s'être fourvoyés, et puis non… Tous les deux, nos tignasses frisent comme jamais, permanentées au brouillard…

— Risquer sa vie sous les ordres de gens qu'on ne rencontre jamais, pour des objectifs sans réalité immédiate, sans espoir de résultat mesurable tout de suite, on peut concevoir une lassitude, des envies de pantoufles…

Le plus cinglant des reproches, énoncé comme un diagnostic, uniment…

— Mais contre la barbarie, contre un racisme qui extermine les Juifs, les Tziganes, cette gangrène connue depuis dix ans ? Même lâche, même tordue de trouille, je n'ai pas le droit de laisser tomber, ce serait me trahir et être indigne des miens, effacer la mort de ma mère… Je le sais bien… Pardon, Maurice… Il fallait juste que tu me forces à le dire…

Maurice s'est arrêté, me tournc vers lui, j'ai les mains à hauteur de son cœur, et il me soulève sur la pointe des pieds, que je goûte son baiser mouillé de ce sale temps. Et on repart dans nos enfers embrumés.

— Il faut tenir, Agathe, se dire que la reconquête a commencé, que le débarquement est pour bientôt : Rennes a été bombardée le 8, Rouen le 12, Amiens le 13… Saint-Nazaire est presque entièrement détruit…

— Et combien de civils morts ou évacués ? Les Allemands ont beau jeu de traiter les Alliés d'assassins… La population aurait tendance à nous regarder comme les complices de l'intérieur des Américains… Tu sais, le père d'Irène est communiste, il prétend qu'il faut anéantir les usines parce qu'elles alimentent l'économie de guerre allemande, que les morts sont victimes de batailles, pas de la barbarie… Eh bien, même lui admet que cela crée du chômage… On crève de faim et de froid dans les villes… Les petites gens, les bons bourgeois, ceux de la rue veulent retrouver leur tranquillité quotidienne… Se débrouiller au quotidien si nécessaire mais en paix, même… Regarde tes parents…

Maurice a son petit rire en bouquet de bleuets, tout frais :

— Ils ne sont pas à plaindre : ravitaillés par la campagne… un chiffre d'affaires correct à l'officine… Sans compter ce que je préfère ignorer de petits profits… Leur principal souci en ce moment, c'est moi… Ou toi, si tu préfères… Ils trouvent que tu as mauvaise influence sur moi, que je néglige mes études, que je ne lis plus que de la littérature, de la poésie, des romans, au lieu de potasser mes manuels de pharmacie ! Tu es une historienne inutile, coupable de suborner un scientifique d'avenir… Seul bon point : mes lectures viennent de la bibliothèque paroissiale ! Quand je leur ai dit que tu étais la bibliothécaire, ils ont fait ha, se sont regardés et ils étaient bien emmerdés, tu devenais honorable, fréquentable… Je ne désespère pas qu'ils t'invitent, un dimanche… Faudra jouer le jeu, hein ! S'ils savaient que ces bouquins servent à coder les messages, que c'est moi qui t'ai entraînée dans une aventure bien dangereuse… Pas grave, le cours de l'histoire leur remettra les yeux en face des trous… Tu vois, ils ont raison, je finis par penser avec tes mots !

Encore son rire et moi je suis peut-être pas assez costaude pour la dérision, marre d'être adulte forcée et contrainte…

— Excuse-moi, Maurice. Je fous la merde et je suis défaitiste… Et je devrais pas juger sur les apparences… Tu vois, Irène est soignée par un médecin qui sait bien que son père est communiste… Et lui, le médecin, son frère est milicien… Jamais il ne dénoncera le père d'Irène… Ça n'a pas de rapport, je me comprends…

Maurice fait juste mmm et me fait passer côté parapet. On arrive au Rhône dont on n'entend que la rumeur calme parmi le bruit des rares voitures au pas, qui se guident en suivant les bordures du pont, d'où la prévenance de Maurice… Nos talons sonnent au tablier, on ne voit même pas l'autre rive, mon nid d'aigle même pas foutu de voler seul…

— Mais, si tu veux, je quitte ta chambre, pour rassurer tes parents. Monsieur Antonin pourrait me trouver…

— Pas question. Tu sais, ils ne sont pas méchants… Je leur dirais mon rôle en Résistance, je parie qu'ils prendraient conscience et m'aideraient… J'ai pensé à des compositions de préparations codées, comme nos fiches de lecture… Un client demande la recette de la tisane Noël à la cardamome, à l'aubépine, ils donnent un feuillet avec la recette chiffrée et passez muscade… Aucun risque…

— Ne fais pas ça, Maurice…

— Bien sûr que non. Eux et la Résistance, c'est des mondes parallèles… Et, même s'ils trouvaient la liste de tes lecteurs, que je n'ai pas, sur mon bureau, ils n'y comprendraient rien… Mais laisse-leur au moins une chance d'être fiers de nous à la libération…

Juste avant le couvre-feu, il va devoir courir jusque chez lui, Maurice repart avec ma liste de contacts mise à jour, épurée, et cachée dans un petit classeur parmi de vieux cours de l'an dernier, « Agathe Langlois. Certificat d'histoire médiévale ». En cas de contrôle, rien qu'à voir le titre, un milicien se boucherait le nez !

Tous les retours sont-ils éternels ? Leur cohorte de catastrophes, oui, je le parierais… Parce que, depuis que je suis revenu, les coups du sort se succèdent. Façon de parler : le sort est bricolé par les hommes, pas par un décret de la providence. À peine quelques jours, dix, puisque nous sommes le 30 mars, pour reprendre pied à Lyon, penser pouvoir user de mes nouvelles instructions pour aller de l'avant, analyser le sombre bilan dressé par Alain l'autre soir au cinéma, envoyer des avertissements et des suppliques à Londres, supporter le choc de l'arrestation d'Aubrac avec ses possibles conséquences pour l'AS, envisager la perspective de plus en plus réelle que les réfractaires au STO, regroupés en maquis, soient utilisés comme base d'une prise de pouvoir indépendant par les chefs de mouvements, tout ce fardeau soudain est déjà bien brutal…

Et me voici dans les odeurs aigres du métro parisien, encore plus affecté s'il est possible, et plus inquiet d'être démasqué par un des argousins en civil qui traînent sur les quais, prennent les rames au hasard pour surprendre un échange de documents, une conversation : Manhès, mes yeux et mes oreilles, mon fédérateur des mouvements de zone nord, a été arrêté le 3 par la Brigade spéciale française, sa documentation saisie, avec toutes les conséquences que je n'imagine même pas, sinon qu'il avait des photos de moi pour me faire établir de faux papiers, ce bon Manhès à la mémoire incertaine, qui note tout, la BS a dû se régaler. Outre quoi, Meunier-Marmet qui le remplace a dû quitter sa chambre habituelle de l'hôtel du Grand Turenne, filer se terrer en banlieue, tout laisser en l'état… Va falloir qu'il nous contacte vite… Oui, Manhès arrêté, Meunier en suspens, le couple Brossolette-Passy en a profité comme prévu pour faire sa sale besogne, mettre en place un comité de coordination des mouvements de la zone nord, tâcher d'éliminer les partis politiques du futur Conseil de la Résistance au mépris des instructions de Londres, j'en pleurerais de rage…

Encore que je les sache purs, dévoués à de Gaulle, pleins d'abnégation devant le danger permanent d'être pris… Des hommes d'honneur et de sacrifice, mais têtus comme des mules aveugles… Âme de concierge et courage de lion !

Peu importe, dans quelques minutes je les aurai devant moi et je ne vais pas mâcher mes mots… Outre ces soucis urgents, il me faut calmer les dirigeants de réseaux, de plus en plus persuadés que l'offensive alliée est proche à cause des bombardements sur les ports de l'Ouest… Même Paris ne sera plus longtemps à l'abri, on le sait tous… Au moment où les réfractaires au STO, avides d'action immédiate, grossissent les maquis… Pourvu que Londres accède à ma demande de livraison d'armes et de ravitaillement ! Les hommes en ont besoin pour accepter d'attendre, sinon ils regardent leurs mains nues et perdent de vue l'horizon... Et puis le tissu de la Résistance a commencé de s'effilocher sous les griffes de la Gestapo et de la Milice, belle coopération répressive Bousquet-Oberg !

Encore deux stations... Si j'ai été repéré, suivi, ce ne peut être que par l'escogriffe assis au fond... Il ne me regarde jamais, même quand je le fixe, et c'est le seul à être monté en même temps que moi...

Arrêtons ces obsessions, je me répète, je tourne en rond en moi-même... Oh, je déteste les transports en commun, les trains, les trams, pire : ces couloirs souterrains qu'on est obligé d'emprunter, on y est prisonnier, à la merci d'un contrôle...

Bon, Alain arrive demain remplacer Manhès, c'est déjà du renfort, avec le transfert d'une partie de la délégation générale de Lyon, Mado à la dactylo et Suzette Olivier comme courrier, parfait. Alain va s'installer avenue Junot dans un atelier de peintre, drôle de clin d'œil pour un type qui se découvre soudain, dans nos rares échanges à bâtons rompus, des goûts picturaux... Bureau rue de la Pompe... Bon... Tony de Graaff-Grammont remplace Alain à Lyon... Pour mes séjours là-bas est-ce que je vais accepter de loger chez lui, avec sa femme, ses parents, rue Neyret ? Pourquoi pas, c'est central et la place Raspail restera en sommeil, connue d'Alain seul... Nous travaillerons plus vite... Et puis non, de toute façon, dès que possible, je prends aussi mes quartiers ici... Hébergé chez qui on voudra maintenant que je suis en congé de Gilberte... Madame de Bretagne me recevra certainement rue Dulong... En attendant mieux... Toutes ces géographies urbaines qui me traversent, ces adresses de planques, de boîtes aux lettres, lieux de réunion, ça me fait une drôle de galaxie dans le crâne, comme si Paris et Lyon n'étaient que des villes intérieures, sans réelle existence, ou alors celle des étoiles lointaines qui orientent le voyageur perdu… Je deviens fou…

Station La Muette, j'y suis. Et l'escogriffe reste assis, la rame l'emporte… Pas mécontent de remonter à la surface… Même si, après la chaleur malsaine du métro, le frais du courant d'air me prend la gorge malgré l'écharpe, et si des bidasses allemands font sonner leurs bottes à mes côtés… Non, pas mécontent de déboucher sur ces immeubles cossus, pourquoi bouder mon plaisir des beaux quartiers ? Tous les visages croisés n'y sont pas suspects, comme à Lyon… Encore que mon escogriffe… Beau temps, déjà doux, n'étaient les circonstances, ce que j'aimerais avoir Colette à mon bras, marcher contre sa hanche… Le bois de Boulogne… Passy et Brossolette doivent m'attendre de l'autre côté de la place de Colombie, à l'orée du parc… Les vois pas… Vont quand même pas me poser un lapin comme à une grue d'un soir larguée le lendemain ? J'entre ou je n'entre pas ? Les consignes de sécurité valent pour tous : dans cinq minutes je m'en vais… Le temps de traverser… Encore deux minutes…

— Hep ! Martel !

Ils pressent le pas dans mon dos, me rattrapent. Tout juste tourné la tête et continué mon chemin, qu'ils sachent qui décide…

— Pardonnez-nous… Nous quittons à l'instant la séance inaugurale du comité de coordination zone nord…

Brossolette et son visage mince d'oiseau de proie, petit type aux yeux brûlants de missionnaire mystique, le poil lisse et la lèvre mince, un redoutable rhéteur, je suis payé pour le savoir après avoir cru à ses soumissions du mois de janvier à Lyon, notre première entrevue… Passy sera plus facile à manier, il a la tête battue d'un chien surpris à voler des saucisses… Quand même, il est du complot… Tous les deux sont sur le qui-vive, prêts à la chicane… Messieurs, vous allez me trouver où vous ne m'attendez pas. Cette herbe bien verte, je vais vous la couper sous le pied. Et que ma parole soit aiguisée, même s'il m'en coûte que le salut du futur Conseil oblige à trancher dans le vif de héros…

— Vous connaissez les cascades, entre les deux lacs ? On ne s'en lasse pas…

Maintenant nous sommes trois promeneurs, mains dans les poches, la démarche mesurée, ample, des amoureux de la nature. Mais nos cœurs, nos cœurs battent la chamade, et nos visages n'ont plus de couleur…

— Qu'il soit posé en préalable que j'entérine votre comité… et que vous allez me le reconvoquer rapidement.

Un temps… Bruit de nos pas au gravier, Brossolette me jette un regard de maquignon, flaire l'entourloupe, Passy se râcle la gorge, va répondre… Non ? Très bien.

— Mais je n'accepterai pas, mon cher Brumaire, que vous brisiez avec un comité autonome l'unité nationale de la Résistance qui est en train de se réaliser… Condition *sine qua non* d'un soulèvement concerté le jour J…

— La zizanie n'est pas notre but, Max. Il s'agit de tenir compte des spécificités du terrain, et…

— Le but de votre mission, Arquebuse, a été fixé par le Général, comme ceux que je dois atteindre, avec pleine autorité sur l'ensemble du territoire et des hommes, dont vous ! Vous avez été rappelé à l'ordre par André Manuel-Marnier depuis Londres, et vous ne vous êtes pas opposé aux agissements subversifs de votre subordonné, ce qui constitue une faute… Le BCRA exécute et n'a pas à s'immiscer dans les affaires de la Résistance !

Là j'y vais un peu à l'aveuglette, voir les réactions… Brossolette a pris un peu d'avance, et, par-dessus son épaule, presque badin :

— Les mouvements de zone nord, particulièrement l'Organisation civile et militaire, sont opposés à l'unification des zones… Ici les résistants sont confrontés à l'occupant depuis longtemps et ils en veulent aux badernes ministérielles qui les ont lâchés… Ils ne veulent plus des partis de l'ancienne République… Ou alors peut-être une représentation des tendances fondamentales de la pensée politique française, ou un mouvement national où se fondraient les partis… L'OCM…

— Ah, l'OCM, votre mouvement chéri ! Des technocrates à qui vous accordez la préséance sur les autres mouvements ! Pour mieux manœuvrer, diviser et régner… Est-ce votre ramassis de cols blancs qui doit obéir ou nous qui devons accepter ses positions à courte vue ? Les partis politiques siégeront au futur Conseil de la Résistance ! Vous élimineriez le parti socialiste dont vous avez été un membre éminent ? Le Cercle, ce qui gravite autour de la franc-maçonnerie ? Garder des zones séparées c'est accepter la déchirure imposée par les Allemands ! Y songez-vous ? Vous tirez des plans avec le Front national et le PC pour maîtriser les autorités centrales au moment de la libération ! La charrue avant les bœufs ! Moi je prépare le combat qui mène à cette libération ! Et vous savez ce que j'en fais, de vos arguments ? Je m'en bats les fesses !

Et, paf, je joins le geste à la parole ! Un peu de vulgarité devrait les faire sortir de leurs gonds… Passy s'est raidi à mes côtés, il tape le soulier au gravier en gamin fâché :

— Je ne réclame rien pour moi et vous n'avez pas à humilier Brumaire… À la débâcle, souvenez-vous qu'il a évité à sa compagnie d'être capturée dans le déshonneur.

On arrive aux abords des lacs, un paysage à la Rousseau, un décor de nature domestiquée pour amoureux tourmentés qui me rappelle mes sous-préfectures de Savoie, mes illusions sentimentales de benêt romantique avec Marguerite, ma seule femme en titre… Paradoxalement pas fait pour me calmer :

— On croirait entendre Charvet se légitimer grâce à ses états de service ! Pétain aussi a été très bien en 14… Après il s'est fourvoyé, non ? Vous, vous avez ignoré et m'avez laissé ignorer l'arrestation de Frédéric-Manhès, mon représentant. Vous ne l'aimiez pas et son éviction vous a servis, d'autant que vous avez renvoyé son adjoint Meunier-Marmet… Il n'aurait pas laissé cette forfaiture avoir lieu ! Quant à vous, Brumaire, Marmet m'a rapporté aussi que vous m'aviez traité d'ambitieux, n'ayant rien à faire en zone nord que vous aviez soi-disant mission de diriger !

— Ne hurlez pas, s'il vous plaît… D'abord Frédéric est de l'ancienne école, celle des tranchées, et ses conceptions de l'insurrection généralisée à partir de maquis suburbains aboutiraient à des massacres, je le maintiens…

— Possible, mais je suis seul à pouvoir en débattre avec lui.

— … Et puis mes propos ont été dénaturés… Mettez-moi en présence de celui qui vous les a rapportés.

Brumaire a raison de me modérer la voix, je m'aperçois soudain que les allées sont pleines d'Allemands en baguenaude, à humer les parfums du « *gross Paris* »…

— Vous verrez Marmet demain… Et ne me parlez pas des bruits et rumeurs de la clandestinité, j'en ai soupé… La vie d'hommes dépend de la réalité des informations fournies aux réseaux, des renseignements exacts envoyés à Londres, et le sort du débarquement aussi… La nation combattante a besoin d'institutions légitimes, pas de cadres bricolés à coups de on-dit ! Je suis un de ces cadres, doté de la plus haute autorité en territoire métropolitain, nommé par de Gaulle ! Les chefs des mouvements doivent obéir. Ces griefs mis à part, je vous remercie d'avoir offert un horizon de lutte unifiée à des militants valeureux qui se sentaient seuls, désorientés, voire abandonnés… Convoquez-les, je ne vous trahirai pas. Demain… Où ?

Mes lascars se consultent de l'œil, ne peuvent pas atermoyer. Brossolette chuchote, le regard alentour :

— 102 avenue des Ternes… Chez Peyronnet…

— Bien. Je leur dirai qu'ils trouveront naturellement leur place dans le Conseil de la Résistance où siégeront ensemble les représentants des mouvements des deux zones ! Et des partis…

Et je les plante là à ruminer leur coup de force avorté, incapables de décider s'il faut me poignarder dans le dos ou lancer leur chapeau en l'air… Désormais, j'ai contre moi le BCRA, les Anglais et les chefs de la Résistance intérieure… Pour un fédérateur, bravo ! Vrai, j'ai été un rien suffisant, il le fallait… La petite Morisot me traiterait de dictateur à la César… Par ailleurs, je sais bien que Manhès a ses faiblesses, qu'il parlera, que sa documentation importante compromet une foule de gens, mais quoi, on ne va pas se rendre pour autant… Il faut juste que notre élan de Résistance unie et nationale soit plus rapide, plus ferme que celui de la répression gestapiste et milicienne, quelles que soient nos pertes du fait de Manhès, y compris la mienne si elle se trouve survenir… Après, l'insurrection générale sera irréversible… Qu'on puisse laisser des plumes au passage, admettons, mais être prêts le jour J… Oh, comment être ici et ailleurs, à Lyon, à Paris, à Londres ? Comment augurer des intrigues, peser les manœuvres de cour ? Le général en exil c'est moi, au bout du compte, en exil au milieu de troupes que je ne vois pas, qui ne me connaissent pas, et qui attendent des ordres de l'au-delà !

Comme je débouche du parc, passe sur le boulevard un troupeau de vaches paisibles mené par deux paysans en blouse bleue, bâton ferré au poing. Deux, trois cents têtes sur toute la largeur de la chaussée. Des cyclistes se faufilent le long des trottoirs où les passants se sont arrêtés, et donnent des tapes sur le dos des bêtes placides qu'on mène à la mort. Ils seraient presque émus, leur sourire doux le dit. Ces prochains jours il ne sera peut-être pas vain de faire la queue devant les boucheries, tickets de rationnement en main. Les citadins haïront moins les ruraux…

Avril 43

Jamais je ne m'y ferai : Antoinette est un dessin de Picasso ambulant ! De ses études mythologiques où le corps appelle la caresse sacrée… Elle sort de la gare, je vois venir à moi une bacchante solaire, et les derniers plis du brouillard lyonnais se lèvent devant elle comme un rideau de théâtre, ou comme ces fois où elle troussait, lentement, pour moi, sa robe sur ses cuisses. Elle a sa tête de matou sauvage, et ses lèvres pleines, prêtes à déchirer la chair du moindre amant de passage.

— Fait bon voyage ?

— À condition d'aimer les contrôles, les papiers passés à la loupe et les yeux de ces foutriquets de gendarmes dans mon décolleté… Tu es là, j'en déduis que mon message est parvenu à ton adresse place Raspail ?

— Je continue à y habiter sur la pointe des pieds…

On s'est mis en route dans le printemps des rues, sans regarder les passants, surtout pas les fridolins en patrouille et les maraudeurs de la Milice qu'on sent à vingt pas, elle élégante et altière dans son demi-saison, et moi, l'écharpe nouée au cou, son sac de voyage au poing…

— Moi je mettrais bien le mien dans le cul des autorités ! Tu sais qu'on me fait des misères, qu'on veut me faire porter l'étoile, m'interdire de quitter Beauvallon ? Alors que j'ai mon certificat de non-appartenance à la race juive ! Géraldy fulmine ! Oui, bon, je t'expliquerai… Des embrouilles qui me rattrapent depuis mon appartement de Paris, tu sais, la rue de l'Université, dont on veut me spolier depuis 42, justement en tant que juive ?

— Je me souviens de t'avoir dit de ne pas te rendre à la convocation des Allemands avenue Foch. Ils t'auraient déportée après confiscation du bien… Aujourd'hui, c'est bien fâcheux, je crains de n'être pas en situation d'intervenir auprès de Vichy et débrouiller ton affaire…

— Idiot ! C'est pas ce que je te demande ! Je trouille déjà de te compromettre avec mon affaire… Mais, si tu me confiais une mission, un truc bien clandestin et risqué, ce serait fort volontiers, au moins on ne me tracasserait pas pour rien ! Tant qu'à être condamnée, autant être coupable, n'est-ce pas ? Qu'est-ce qu'on fait maintenant ?

— On se sépare dès qu'on est place Bellecour. J'ai à faire à mon secrétariat, rue des Marronniers, juste derrière. Et toi, tu continues ton chemin vers la rue Thomassin… Rendre visite aux locataires de tes immeubles… Ah, j'ai logé quelqu'un au 20, c'était libre…

— Ne te gêne pas ! On ne s'est pas vus depuis l'inauguration de la galerie de Nice, je brave les transports en commun et les interdictions de séjour, et toi, outre que tu m'imposes un locataire, que tu me confisques mes biens en somme, tu me traites en cousine de province ? Et j'habite où, moi ?

— À l'hôtel de Saône-et-Loire, rue Thomassin aussi… J'ai réservé sous ta fausse identité : Dunand.

— Oh, j'ai bien envie de te faire une scène !

— Tu aimes le vaudeville, maintenant ? Je te traite en femme du monde dont le royaume est le soir mystérieux, la nuit voluptueuse, et qui touche un loyer payé par l'argent de Londres, et…

— Bon, puisque tu le veux, je serai la catin de la Résistance !

Et on n'en peut plus de notre numéro de vieux gamins en bisbille, on se pète les bretelles de rigolade, juste comme on débouche au coin du bâtiment des Postes, place Bellecour :

— Sérieusement… On se retrouve vers dix-neuf heures chez Rose. Marché noir aidant, elle sert encore des repas à s'en lécher les doigts…

Antoinette a un de ses regards croustillants, je sais bien que certains mots sont dangereux à utiliser devant elle, et me fait une petite révérence coquine :

— Alors, à tout à l'heure ! On se lèchera les doigts… Tenue de soirée de rigueur, j'imagine ?

— Séduction obligatoire…

À l'heure du dîner, au fond du bouchon Chez Rose, Antoinette porte une robe de satin poudre, la même que la fiancée de King Kong dans le film, elle me regarde penchée par-dessus la table, en fatale, pendant qu'on se parle bas, de lèvres à lèvres, et qu'on déguste un veau délicieux et interdit de consommation, mmmm, avec un petit meursault, mmmmm, et je sais qu'elle sera déçue quand je sortirai de mes poches, une fois à son appartement de la rue Thomassin, tous les messages à coder ou décrypter cette nuit… On aura à peine le temps avant de s'effondrer de sommeil… Et puis, j'ai bien plus risqué à lui proposer :

— Tu souhaitais une mission secrète, en voici une : je voudrais que tu ailles solliciter Paul-Boncour, qu'il accepte le poste de ministre des Affaires étrangères dans le gouvernement d'Alger…

— Attends… Tu es sûr de pouvoir te permettre cette démarche ? On t'en a chargé ? Et puis, quelle idée de rappeler les anciens ! Paul-Boncour ? Le vieux président du Conseil qui t'a aidé à passer la ligne de démarcation en 41 ? Celui qui a une propriété à cheval sur les deux rives du Cher, zone nord, zone sud ?

— Exactement. J'ai les prérogatives de cette nomination en tant que délégué permanent et unique de De Gaulle… Paul-Boncour rassurera les Alliés, ne se laissera pas intimider et à travers lui j'aurai le contrôle des relations extérieures…

Elle bat des cils et, avant qu'elle réponde, il y a des miliciens contre notre table, deux gamins teigneux, noirauds, des petits paysans aux yeux qui traînent :

— Vérification des assiettes… Eh ben voilà, ces messieurs-dames ne savent pas que le veau est interdit en restauration ? Vous allez nous suivre au commissariat sans histoires… Papiers…

Alors là, la tuile bête, nom de Dieu, je ne vais pas tomber pour un repas galant, Antoinette a beau jouer de ses épaules nues, nos argousins collabos sont imperturbables, leurs deux acolytes déjà au comptoir en train de verbaliser l'établissement, ou de le faire chanter. On tend nos papiers, qu'ils examinent, Jacqueline Dunand, sans profession, Jacques Martel, décorateur, comparent les photos avec nos visages… Je n'entends plus rien, j'anticipe déjà, le contrôle minutieux dans leurs bureaux, les autres photos saisies chez Manhès et diffusées partout, ils vont faire le rapprochement, m'identifier… Et puis quelqu'un dit « s'il vous plaît, messieurs », là-bas, près de la porte, ils tournent la tête et moi aussi…

— C'est à moi qu'on a servi de la viande.

Un jeune homme s'est levé de la table où il mangeait, un colosse à la voix souriante… La fille qui partage son repas regarde fixement devant elle… Morisot ! Et c'est bien son géant de petit copain, celui du cinéma l'autre soir, qui s'approche des miliciens du zinc, leur chuchote à l'oreille, ouvre son portefeuille. Nos noirauds, toujours nos papiers en main, vont aux nouvelles. Conciliabule, regards sur nous de loin, moues dubitatives, le costaud leur glisse quelque chose au creux de la main, on examine à nouveau nos cartes et l'un des deux paysans se décide, revient à nous :

— Bon, vous avez de la chance d'avoir des relations intéressantes… On va fermer les yeux ce soir, mais je me souviendrai de vos noms… Martel, né à Picquigny…

Il a un accent du Sud-Ouest. Le Gers ? Il a sorti un tampon encreur de sa poche, l'humidifie en projetant son haleine dessus et donne deux coups à assommer un bœuf sur nos papiers avant d'y griffonner trois pattes de mouche, de faire demi-tour et de foutre le camp avec les trois autres. Je regarde nos cartes, il a écrit : « Validée le 6 avril 43 », sous le cachet du commissariat des Brotteaux…

Antoinette est livide, s'enfile cul sec un verre de meursault et moi, les yeux dans les siens, tous les deux à réaliser qu'on est passés tout près du couperet, moi je ne vaux pas mieux à me demander quelle autorité peut avoir le chevalier servant de Morisot pour faire reculer la Milice… Lui doit avoir des relations côté

Vichy et vert-de-gris… Il est intervenu à la demande de Morisot qui me voyait en difficulté, puisqu'il me connaît à peine… Et si nos paysans interrogent ses relations, donnent nos noms, que ses relations lui demandent de justifier son intervention en ma faveur… Il sait que je suis place Raspail, dans le même immeuble que Morisot, pas au domicile officiel inscrit sur ma carte, 7 rue Renan… Et puis, né à Picquigny dans la Somme, le SD, la police française commencent à comprendre que beaucoup de papiers où est mentionnée cette région comme lieu de naissance sont faux et invérifiables vu que l'essentiel des archives en ont été détruites en 40… Il faut banaliser cette affaire tout de suite, aller me confondre en gratitude comme un couillon de mauvais Français pris la main dans le sac du marché noir, passer pour un crétin qui a voulu épater une dame en lui offrant un festin interdit.

— Tu permets, Antoinette, je vais remercier notre sauveur…

Je repousse ma chaise, demi-levé… Et ils ne sont plus là, nos anges gardiens, on débarrasse déjà leur couvert. Reste à me rasseoir. Pas mal aux cent coups, des frissons à l'échine de ne pas maîtriser la situation… Antoinette me regarde droit :

— Tout bien réfléchi, ta mission, je l'accepte.

— Comme prévu… Je t'explique le détail à l'hôtel… Tu as un train demain matin pour Saint-Aignan… Voilà ton billet…

Antoinette déplie lentement, cruellement, son sourire anthropophage :

— Tu es vraiment un tendre salaud.

C'était hier, le festin interdit chez Rose. Antoinette a pris son train aux aurores, furibarde de m'avoir servi de secrétaire toute la nuit aux dépens des coquineries amoureuses, et fière jusqu'aux larmes de sa mission. J'ai bien conscience d'avancer un pion, un cavalier ou ma reine, je ne sais pas, dans une partie d'échecs diplomatiques… Et d'être obligé de jouer à l'aveugle alors que Londres et les Alliés ont l'échiquier sous les yeux…

Mon petit couple est attablé à L'Étoile, studieux, notes de cours éparses, devant des cafés nationaux, ou à l'aubépine, ou je ne sais pas. C'est calme, Antonin me salue d'un hochement de tête derrière son comptoir désert. Ni une ni deux, ne pas les laisser réfléchir, interroger à cru, même si je me jette dans la gueule du loup, ou que j'y suis déjà, je m'assieds d'autorité face à eux :

— Bonjour.

Sourire à Morisot et je tends la main à ce géant qui nous a tirés d'affaire la veille :

— Jacques Martel, décorateur. Nous avons reçu les mêmes visiteurs du soir…

Une demi-seconde sans respirer, le regard fixe du pris en flagrant délit. Il ne se souvient pas de moi ou il a peur de ce qu'il va devoir dire ? Et puis il soupire, s'allume de partout, les yeux, les joues, les lèvres, et choisit d'ignorer une partie de mon jeu de mots sur notre aventure de la veille et notre première rencontre au cinéma :

— Ah, le film *Les Visiteurs du soir*… Bien sûr… Qui aurait cru à ce brouillard fin mars ? Enchanté… Maurice Noël, étudiant en pharmacie.

Une voix irrésistible, colorée, d'apiculteur, de confesseur, de musicien, pas du tout de trifouilleur de poisons… Je comprends les inclinations de Morisot… Si seulement j'avais ressemblé à ces séductions dans mes jeunesses, avec de brillants avenirs de pharmacien, Jeannette, la première aimée, celle que mon père était allé demander en mon nom, je l'aurais épousée, ses parents, des bistrotiers parisiens, n'auraient pas infligé à papa l'affront du refus, ne m'auraient pas humilié, moi l'encore au dernier échelon de la carrière sous-préfectorale en cet été 23. Qu'est-ce qui me revient là de mes vieilles rancœurs ? Je ne vais tout de même pas m'amollir de nostalgie jalouse ? Forçons-le dans ses retranchements, le gaillard…

— Qu'avez-vous dit hier soir aux miliciens pour qu'ils nous laissent en paix ?

— La même chose qu'à vous… Je me suis présenté, j'ai ajouté que j'étais le fils de la pharmacie Noël, rue Victor-Hugo, et je l'ai prouvé en montrant mes papiers.

— Et ça suffit à faire changer d'avis la Milice ?

— Oui, parce qu'ils profitent, eux, du petit marché noir de la pharmacie… Les médicaments en douce c'est dérisoire, ils ont leurs approvisionnements, mais les cosmétiques, les vrais, sans ersatz dangereux pour l'épiderme, qui dépérissent dans les stocks des labos, mes parents les récupèrent directement, ça intéresse les femmes ou les maîtresses de ces messieurs… Pas que j'en sois fier mais, faut avouer, le nom de mon père est bien connu à Lyon auprès des miliciens, qui n'ont pas accès aux boutiques de luxe comme les SS ou les gestapistes… Bien sûr, il fait aussi du troc, comme tout le monde… Aspirine contre saucisson… Avant-guerre c'était déjà un notable dont le nom offrait quelques passe-droits… Alors maintenant… Regardez…

Et il sort de sa poche un tube de rouge à lèvres, le pose debout sur la table :

— J'en ai presque toujours avec moi. Un petit cadeau peut rendre indulgents les miliciens qui vous contrôlent… dans un bouchon, par exemple ! Et puis je comble Agathe autant que possible… Tiens, à propos, celui-ci est pour toi.

Elle s'est tue jusqu'alors, comme hier soir, l'air prise en faute et la pommette écarlate. Là elle me regarde, essaie un sourire ingénu de débutante…

— Je ne vous ai jamais vue maquillée, Morisot.

— Morisot ?

— Laisse… Monsieur Martel trouve que je ressemble à la peintre Berthe Morisot, sur un tableau de Manet…

— Oh oh, alors il te faut des couleurs. Tu essaies ?

Même pas jaloux, oublié le tragique quotidien de la guerre. Il est aux anges. Et moi baba de la simplicité du hasard.

Morisot dévisse le tube, se passe le bâton sur les lèvres, a cette moue des femmes pour étaler le rouge, et nous regarde, paupières mi-closes, comme elle aurait posé il y a presque un siècle.

Nom de Dieu, devoir ma liberté à un tube de rouge à lèvres ! Quand je dirai ça à Antoinette !

Ces jours de mi-avril dans Paris avec Colette, personne ne me les enlèvera. Nous les avons cueillis et croqués et le jus nous l'avons bu. Être hébergés séparément, chez des amis, nous a fouetté le désir des retrouvailles quotidiennes… Vrai, nous avons vécu poétiquement, tous les soucis ou presque, la mission Brumaire, les arrestations de militants, les freins au projet de Conseil de la Résistance, tassés au fond de nos poches et le mouchoir par-dessus… Évidemment j'ai des pensées pour Antoinette, ma sensuelle… Sa mission auprès de Paul-Boncour a échoué. Il prétend ne pas pouvoir gagner Alger et laisser sa famille en otage en France. Compréhensible et décevant pour ma stratégie face à la menace d'hégémonie politique des Alliés. Acceptons ce que nous ne pouvons changer. Au moins la démarche aura fait d'Antoinette une diplomate de l'ombre. Merde quand même… Quant à Gilberte, ma madone du beau monde, mon mirage amoureux, elle me hante, mais j'ai avec l'une un pacte libertaire et l'autre m'a congédié, alors les scrupules sentimentaux…

Étrangement, alors que Colette ne me connaît que sous mon vrai nom, j'ai l'impression d'une escapade masquée, avec une identité temporaire… La ville pue l'occupation bien sûr, et, pire qu'en province, les inégalités de ravitaillement, la collaboration, l'argent noir, l'arrogance nazie, les voyous à pignon sur rue et les pauvres petites femmes qui profitent de la couleur du temps vert-de-gris… Mais un cœur bat, fort, sous le pavé, on sent de l'insolence aux corps désinvoltes des passants, même les mal nourris, comme nulle part… Colette et moi, on a même travaillé et pris du plaisir à courir les galeries, chercher des toiles pour Nice, aller causer peinture chez Pétridès, mon fournisseur… Conclu quelques affaires, des Laurencin que j'aime décidément beaucoup, Dufy et Valadon… Tiens, organiser une expo de Friesz à Romanin en mai ! Un peu d'art décadent pour faire la nique à l'Adolf !

On a pris nos libertés, on s'est décorsetés vraiment pour la première fois entre nous, et je n'ai rien caché à Colette des menaces sur ma tête depuis l'arrestation de Manhès. Peut-être pour faire l'intéressant, le héros tragique… Sans révéler quand même mon rang en Résistance… Elle m'a donné la réplique comme une ingénue amoureuse écarquillée de crainte et la vie avait un goût d'avenir…

Jusqu'à tout à l'heure, sur les Champs-Élysées, où le ver est sorti du fruit. Une élégante arrête Colette, c'est toi, mais qu'est-ce que tu deviens de tout ce temps ? La dame parade au bras d'un officier allemand ! Je suis passé outre, badaud de hasard, tous mes réflexes de clandestin retrouvés. À l'instant Colette et moi n'étions plus ensemble… Et puis elle me rattrape devant une vitrine, le schleuh est de la Gestapo et cette ancienne copine du lycée de Saint-Germain l'a invitée à dîner pour le soir même, en privé, vers la place des Ternes. Colette a refusé, évidemment, pas le temps, retour à Nice…

— Vous êtes folle ! Courez dire oui… C'est l'occasion d'intervenir pour Manhès !

Elle devient toute rose, hop, demi-tour et elle remonte vers le couple, conciliabule, rires, bisous, et elle revient vers moi au moment où je prends la rue La Boétie, hors des regards de l'amie.

— C'est fait.

— Bien… Vous êtes une amie, une connaissance de madame Manhès, Lily, et vous avez appris l'arrestation d'Henri par les Brigades spéciales françaises, son transfert à la Gestapo… Il doit y avoir une méprise, Manhès s'occupe de brevets, il a les cheveux blancs, est ancien combattant de 14-18, tout l'inverse d'un terroriste… Vu ? Maintenant vous rentrez vous faire belle, vous allez dîner et vous m'appelez ensuite, qu'on se retrouve devant le restaurant Chez Laurent, là-bas, près des jardins des Champs…

Et la voici dans la nuit, habillée de gala et l'œil impatient, qui accourt à ma rencontre :

— Alors ?

— J'ai parlé à la fin du repas… de mon amie Lily… de son mari arrêté par erreur… Le… le monsieur de ma copine a été courtois, est allé téléphoner… À son retour il s'est montré rassurant : pas de torture, la femme et la fille de Manhès pourront le visiter avenue Foch. Puisqu'il a parlé et que tous ses papiers ont été saisis, la Gestapo n'a plus rien contre lui…

— Ce gentil monsieur a donné le contenu des révélations ?

— Non. Mais il n'est pas question de le relâcher…

— Ne soyons pas crédules, ils vont l'interroger jusqu'à l'os… Ensuite ils le tueront ou ce sera la déportation… J'ai eu tort de vous imposer cette démarche, l'attention est maintenant sur vous, sur moi par conséquent… Au moins, on sait qu'ils savent… À moi de faire le ménage maintenant. Vous allez prendre les toiles chez Pétridès et vous rentrez à Nice. Au moindre signe de ma part, comme prévu vous liquidez tout et filez.

— Qui êtes-vous en réalité, Jean Moulin ?

— Une ombre, désormais.

Peut-être que je mourrai de ces mondanités entre donzelles et dignitaires nazis, peut-être des imprudences de mes troupes, des incuries alliées, peut-être de mes propres inconsciences, de mes fidélités en amitié, ou du hasard, qu'importe pourvu que j'aie accompli ma tâche. Est-il en route, le mécanisme par quoi je périrai ? Sourit-il au bras d'une affolante comme Colette, celui qui me prendra ? Ou attend-il dans nos rangs, sans savoir encore qu'il me trahira ? Ou bien est-ce que j'aurai des imprudences coupables comme ce soir qui me perdront ? Je ne sais pas. Mais je ne peux plus me cacher que je suis traqué de plus en plus étroitement.

Retour de Paris pas bien au net avec moi-même. Enfreindre les règles d'amour et celles de sécurité, bravo, mon petit Jean, tu peux être fier… Et voilà le bouquet des forfaitures : la filière suisse ! Que je n'ai pas soupçonnée…

Marcher dans Lyon pour me calmer, arriver serein au rendez-vous, si possible, alors qu'on me foudroie, qu'on m'abat et l'édifice patient de la Résistance à travers moi… Y aurait-il des saisons propices à faire éclore le mal ? Des mois où les salauds se révèlent, où ce qui a couvé sous le gel t'explose à la figure ? Lyon pue le printemps, tiens, regarde, les arbres de Bellecour bourgeonnent, ça respire la fin d'hiver, le ciel commence à s'allumer en grand et, Dieu sait, j'aimerais m'abandonner de nouveau à la montée de sève, aller chez moi à Saint-Andiol, à la galerie de Nice… Retrouver Colette et Antoinette, reverdir… Encore que les femmes, mon vieux, ta Gilberte, décidément elle ne me sort pas du cœur, tu as payé pour en connaître la versatilité… Allons, pas de mélange des genres, sa trahison ne met en péril que ma sérénité sentimentale… La trahison. L'autre. Politique. L'autre trahison, semée depuis des mois, surveillée, entretenue, amenée à floraison, l'autre trahison, celle des compagnons, est pire ! Inattendue dans la forme et magnifique de dissimulation. Et laisse entendre que rien ne sera jamais de ce que j'espère, un Conseil de la Résistance… Encore que j'aurais dû y penser, n'importe quel duc accueille un Lorenzaccio à sa table qui n'a comme but que de l'assassiner. Sauf que je ne suis pas un tyran, un sanguinaire, qu'aujourd'hui ce sont des dictateurs en herbe qui se débarrassent d'un défenseur de la liberté. Voilà des mois que Bernard et Charvet mijotent de me mettre hors course... Grâce à cette filière suisse, ils y sont parvenus, et si de Gaulle ne met pas le holà, je saute ! Et l'unité des mouvements avec moi... et le projet essentiel de Conseil de la Résistance ! Et de Gaulle n'a plus de légitimité, ne pèse plus rien puisqu'on le contourne ! Personne ne me fera croire que les restrictions de subsides de Londres sont à l'origine de la fronde... puisque je suis revenu de Londres avec des fonds ! C'est une question de personnes ! Frenay-Charvet a les yeux trop clairs pour être franc du collier... et il parle trop vite, avec trop de précipitation... Un emporté qui chargerait sabre au clair, certain d'être fauché par la mitraille mais quel beau geste ! Il met son panache à me détester et me casser les pattes au nom de Combat... Mais sa haine ne représente que lui... Bénouville-Lahire, celui-là, ex-cagoulard, ex du réseau anglais Carte, violemment antigaulliste, j'avais beau m'en méfier, il n'est pire sagouin... Leur relais à Genève, le général Davet, ne vaut pas mieux, mêmes origines politiques, même pourriture ! Aller en Suisse, à Berne, quémander des fonds aux Américains, aux Anglais, auprès des représentations de l'OSS, du SOE, pendant que les chefs en titre m'amusent le tapis ici à Lyon, voilà une mission digne de Lahire, de ses aptitudes à la forfaiture ! Cette histoire de Forces françaises combattantes de la métropole n'est qu'un leurre, un prête-nom ! On remplace par une société anonyme avide de profits l'Armée secrète qu'on vide à volonté de ses combattants et de ses ressources ! Ce n'est plus la guerre, c'est du commerce !

Quelle heure est-il ? Presque seize heures déjà, cinq minutes pour arriver aux arcades du théâtre…

La base est manipulée, mes soutiers de la liberté, les admirables petits des usines, des administrations, les profs, les cheminots, ignorent les véritables enjeux… La propagande des mouvements, si essentielle à indiquer des directions idéologiques, leur ment… Charvet peut toujours prétendre choisir de Gaulle contre Giraud, il se choisit surtout lui… Sinon, pourquoi vouloir précéder le Général à Alger, y implanter une antenne de ses FFCM ? Évidemment, il sait l'offensive généralisée des Alliés en Afrique du Nord, les succès de l'Anglais Montgomery, il a choisi de servir le camp Alliés-néo-vichyssois… Oh oui, je ne regarde plus le monde, Lyon, ces rues aux portes magnifiques où je marche, que comme un décor où on me donne une comédie de carton-pâte alors que tous les acteurs savent que c'est une tragédie réelle où on meurt vraiment. Merde, réveillez-vous !

J'ai dû parler haut… Faut-il que mon sang soit échauffé pour me laisser aller ainsi aux imprudences… On s'est retourné sur moi, une dame en bibi, j'ai soulevé mon chapeau et elle a cru à une manœuvre de séduction, a haussé les épaules… Derrière elle, Charvet, petit, tiré à quatre épingles, le cheveu impeccable, visage de patricien et taille bien prise, comme on dit, on sent que la cravache lui manque, qu'il est en mal d'uniforme, monsieur le militaire de carrière… Il tend la main, crispé, hautain :

— Tiens, Martel, bonjour…

Comme à la boxe, ne pas lui donner le temps de lever sa garde :

— Vous saluez un homme qui se méfie de vous, vous met dans une position fausse ? Ce sont bien vos termes, non ? À vous qui poignardez le général de Gaulle dans le dos !

D'autorité, je quitte les arcades et remonte vers les Cordeliers, à pas tranquilles, le regard au loin. Il est bien obligé de me suivre, d'adopter mon allure, d'essayer. Il va avoir du mal à se mettre en colère, à ce train de sénateur. Quand même il garde son débit très rapide et cette énergie dans la voix, comme s'il prononçait des paroles brûlantes.

— Modérez vos propos, Martel…

— Ils sont à la mesure de vos actes, violents.

— Que j'assume… Vous devez votre poste à deux ans de lutte, depuis 40, dont vous n'étiez pas… La seule légitimité sur le fonctionnement des mouvements est celle de Bernard, de Gilles et la mienne.

— J'en conviens. Mais ma légitimité vient de ce que je suis le représentant exclusif d'un chef que vous ne pouvez envoyer paître, à moins d'être suicidaire…

— Un fonctionnaire… Vous fonctionnarisez la Résistance qui est un élan spontané ! Je vous l'ai déjà dit, je ne siégerai jamais dans votre Conseil de la Résistance !

— Libre à vous, mais vous n'êtes pas libre d'en vendre les futurs membres aux Américains ! D'ailleurs Bernard et Gilles vous ont déjà lâché et se rangent à mes arguments ! Ils n'apprécient pas que négocient, en leur nom et en cachette des instances, des retourneurs de veste, des Lahire et des Davet, cagoulards, journalistes pétainistes et antigaullistes il y a encore fort peu… Vous avez dit vous foutre pas mal des décisions de De Gaulle, c'est inacceptable. Et maintenant les comités des trois mouvements, le PC, les syndicats, même les mouvements parisiens vous récusent ! Ils ne laisseront pas étrangler le gaullisme au coin d'une porte, selon le mot de l'un des vôtres !

Ce qu'il est difficile de s'engueuler en chuchotant, de ne pas laisser éclater des phrases, des noms compromettants ! Ma vieille blessure au cou me brûlerait moins si je hurlais. Charvet a des accents de cabinet secret, de félon de palais, il regarde ses souliers en marchant, véhément et buté :

— Alors ils sont aveugles ! Nous avons besoin de fonds qui assurent notre indépendance, nous permettent d'armer les maquis, nos militants, et nous donnent ainsi du poids auprès des Alliés et de de Gaulle, chef militaire qui a tout à gagner justement parce que nous pèserons sur les Alliés... Vous financez des syndicats qui nourrissent simplement des jeunes refusant de partir en Allemagne, vous arrosez le Vercors pour que Vidal et l'AS en aient le contrôle et ainsi tout le monde se croise les bras en attendant le jour J ! Moi je propose de créer des groupes de francs-tireurs avec ces hommes volontaires pour des actions immédiates...

Encore la ritournelle de l'urgence, de l'efficacité sur l'heure !

— Il faudra d'abord m'évincer.

— Très bien, j'irai à Londres, avec Lahire, représenter la Résistance et demander un arbitrage. On verra qui de nous deux le Général choisira !

— La Résistance a déjà choisi. Et nul ne la représente à Londres. C'est Londres qui est représenté auprès des mouvements, en ma personne.

Ah, ressusciter le jour de Pâques ! En bon mécréant, c'était bien le moins que je puisse faire ! Là, sur mon vélo, cap sur Avignon, pourvu que je ne rate pas le train de Lyon, je me sens un jarret de jeune homme...

Deux jours à Saint-Andiol, là où je suis recensé sous mon vrai nom, et j'ai de l'enfance plein les poumons… Et les odeurs de romarin, le froissement des pins sous un petit vent, même pas un mistral… Toute une brocante de nostalgie aussi… Maman est bien fatiguée… Lui parler longuement de la galerie de Nice l'a distraite, sans plus… Valadon, Friesz, Utrillo, j'ai fait défiler un cortège de peintres, qu'elle ne me pose pas trop de questions… Je crains qu'elle ne s'écoute mourir… Elle laisse filer souvent son regard aux coins obscurs de la cuisine, comme si elle cherchait les ombres de papa et de mon frère Joseph… Ordonner à Laure, juste comme j'enfourchais mon vélo, de ne surtout pas me prévenir si le pire devait advenir à maman, m'a déchiré. Vrai, Laure : on me prendrait à l'enterrement… Déjà ce bref séjour est une imprudence, je ne vais pas me mentir… Il semblerait, d'après la dame des Postes, que mon courrier d'ancien préfet soit surveillé. Par le fait, je n'ai pas pu cacher à Laure que ma sécurité est de plus en plus aléatoire… Si elle savait comme le filet me paraît proche de se refermer… Oh, elle se doute : quand j'ai mis l'échelle contre le mur de la dépendance pour pouvoir filer au cas où, elle a compris mes urgences… M'arrêter aussi à la hauteur du cimetière où repose Joseph, cent mètres avant la maison, et l'envoyer en éclaireuse, des fois que les gendarmes m'attendraient… Et puis, elle me connaît trop pour que je puisse donner le change, j'ai dû me résigner à lui révéler le pourquoi : mon adjoint de zone nord, Manhès, arrêté, ses locaux parisiens fouillés, la Gestapo qui doit maintenant avoir une photo de moi. Eh oui, il devait me procurer une fausse carte d'identité… Encore faut-il qu'ils m'identifient comme Max. C'est une autre paire de manches mais ces messieurs ont de l'intuition à revendre en matière de fraude puisque le mal est leur univers familier… Outre que l'affaire suisse m'a diminué le crédit à Londres et auprès des mouvements… Quand même, ma Laure, j'ai pu t'apaiser par notre virée à vélo jusqu'à Eygalières et la Lèque, mon château ! Ma bastide en ruines, plutôt… Je t'ai noyée de projets architecturaux, abattre ici, refaire ce toit, reprendre les ouvertures… Dire qu'il y a à peine plus d'un an, je me cachais là après mon premier séjour à Londres et mon parachutage… Une éternité… Tu y as enterré les quelques feuillets rédigés sur mon épreuve de juin 40 à Chartres, de l'argent, des papiers… Du coup, tu as l'impression de partager mes dangers… Tant mieux, tant que c'est une impression… Moi, je me sens déjà enseveli avec ce manuscrit…

Et puis ce repas chez nos amis cultivateurs, ce brave qui me reracontait sa Grande Guerre, j'ai bien donné le visage d'un homme tranquille… Même, la photo qu'on a tirée avec les cousines Escoffier et Sabatier, tu as dû en être rassurée, ne pas me trouver si clandestin… Pourtant, à Saint-Andiol comme partout, les frisés patrouillent… Si j'avais imaginé leur présence, gamin à genoux écorchés dans ces garrigues… Toutes mes jeunes vacances, à l'époque de papa, me sont revenues. En train, trois changements depuis Béziers, je n'avais pas huit ans, mon frère Joseph n'était pas encore mort à dix-neuf… Les ruisseaux, les poules et les chèvres, les mûres cueillies… Et ensuite les balades en carriole avec notre petite bande, la fois où j'ai voulu mener Sirko, notre cheval un peu bête, et qu'on a versé au fossé… Déjà mes envies de commander, d'être à l'avant-scène… J'étais tout minot… Qu'est-ce que j'ai pris de la part des grands ! À baguenauder avec papa, on risquait moins, à l'écouter chanter l'opérette et nous commenter les curiosités de la région... Pourquoi ces mois en fleurs me remontent aussi serré et parfumé ? À cause du vélo de Joseph, que je montais à cru sur le cadre, trop petit pour atteindre la selle, et de celui-ci, qui me ramène en Avignon et que je ne pourrai jamais prêter à mon frère ? Je pense à toi, Joseph, est-ce que j'ai pu te remplacer auprès de papa, maman, Laure ? Est-ce que ta disparition aux aubes de la vie, ton absence m'ont bâti sur cet élan de devenir ce que tu ne pouvais plus être, au point de tâcher de te ressusciter ? Ou parce que je suis simplement fait de ces souvenirs tendres, tristes et ridicules, de cette douloureuse place d'enfance laissée vide parmi les miens, et dont je ne peux dire l'importance à personne ? Allons, ce soir je serai à Lyon, et ma montre marquera l'heure juste, aujourd'hui...

Mai 43

Dimanche 9 mai. Ambiance à la Renoir, canotiers, grisettes, friture et vin blanc… Qu'est-ce qu'on mange bien hors des villes ! Je comprends parfois la rancœur des citadins mal nourris alors qu'au profond du pays… Là je barbouille face à la Saône, dans une chambre d'un petit hôtel de campagne. Est-ce à dire que je suis un peintre du dimanche ? Encore un de mes échecs ? Probable… Mes rêves d'être Modigliani, Casanova, Apollinaire ou rien, mes mirages d'artiste reconnu, d'amant splendide, tout ce dont je n'étais au fond pas capable, j'en ai compensé avant-guerre l'utopie par la recherche des ors et pourpres de la République, les éblouissements. Maintenant, et il a fallu que je prenne des claques, qu'on m'attaque, Charvet, Bernard, Brumaire, Arquebuse, que la fronde se lève dans les mouvements et à Londres, maintenant je comprends la puissance et la noblesse du travail souterrain, hors le poids du commandement, et c'est ma force, je suis un veilleur, un gardien de phare, un chien de troupeau. Vous ne m'atteindrez plus, messieurs les chicaniers !

Bien sûr, j'assume un poste de chef et toutes les jalousies qu'il suscite, les découragements qu'il inspire et les fiertés, mais je me sens lieutenant avant tout, celui qui tient lieu de l'absent, voilà ta leçon, Joseph, mon frère, et en exerce tous les pouvoirs et prérogatives, avec ce scrupule en plus qu'il se sait dépositaire d'une mission par délégation. Je suis cet homme-là pour le général de Gaulle. Quoi que je puisse penser de ses initiatives, et même s'il abandonnait ses troupes, s'il était traître à ses idéaux, je n'ai à en débattre qu'avec lui, surtout pas avec les exécutants. Et il est hors de question que je me prive du droit de critique dont dépendent la vie de tant de Français et la micnnc. Avant-hier j'ai rédigé dans cet esprit un mémo que Tony a expédié à Londres. Depuis la chambre contiguë, il continue son travail de secrétariat, dévoué malgré la grossesse de sa femme… À la lecture de mes feuillets il n'a pas pipé, s'est mis au travail de transcription. Je regrette Alain, nos conversations à propos de peinture, mais il est plus utile à Paris… C'est sot et vaniteux, il a la moitié de mon âge, j'aurais pu avoir un fils pareil à qui j'aurais transmis mes enthousiasmes. Lui aurait souri de mes remontrances à Londres et au Général… Je n'ai plus le temps des mondanités et des ronds de jambe, plus le temps de ménager les symboles. Qu'est-ce que j'ai dit ? D'abord que je donnais quitus à Vidal de son rapport sur l'Armée secrète qu'il commande… Souligner que le but de cette armée n'est pas politique mais militaire pour libérer le territoire national et rétablir un gouvernement sous les ordres de De Gaulle, indiquer que le Front national et les communistes se rallient à lui mais conservent le commandement de leurs groupes francs… Cette partie du rapport, il l'aurait rédigée aussi bien…

Quand même, moi, il me fallait dénoncer l'ambiguïté du travail de Brossolette et Passy, envoyés par Londres et dédaigneux de ses instructions, travail qui a préparé les mouvements de zone nord à l'action mais a sapé insidieusement mon autorité et celle des services du Général à Londres... À leur propos j'ai parlé de légèreté, j'ai osé. Surtout, j'ai averti de l'hystérie générale provoquée par le STO et ses réfractaires qui piaffent... D'où l'appel de Combat et Libération à l'insurrection généralisée. On n'attend pas l'arrivée des Alliés ! Bizerte et Tunis sont tombées le 7. Rommel est foutu... Et mes crétins sont persuadés que les Américains vont débarquer demain sur le Vieux-Port ! Charvet en oublie la mesure, distribue aux maquis des armes qu'il faudrait conserver pour le jour J et ne reconnaît plus en pratique Vidal comme chef de l'AS... Il a fallu le calmer, Vidal, au comité des MUR, ulcéré que Charvet entende le commander en tant que chargé des questions militaires des mouvements et de la direction de tous les corps francs ! Point sur lequel Charvet entre d'ailleurs en conflit avec le Front national et les communistes. Il est en relations avec les Américains, Giraud et Vichy ! Même son journal oublie de mentionner de Gaulle comme chef ! L'affaire suisse, je l'ai déballée toute crue, ce complot a été son chef-d'œuvre, à lui et Bénouville-Lahire... Celui-là, avec sa tête rasée, son air d'éternellement porter le monocle, comment peut-on lui accorder crédit ? Livrer des renseignements, *via* Genève et Berne, aux Alliés contre de l'argent, c'était mettre les mouvements à la disposition de Giraud. Le seul moyen de contre-attaquer est d'obtenir des sommes aussi importantes de Londres, qu'au nom de de Gaulle on finance les maquis et la lutte contre la déportation... Penser que leur intermédiaire en Suisse est le général Davet, collabo s'il en est ! Et d'Astier-Bernard ne vaut pas mieux… D'ailleurs, dernièrement, ils se sont empoignés, savoir qui d'entre eux tirerait avantage de la manœuvre… Des rats…

Avoir ces tumultes dans le crâne, envisager ces bassesses de courtisans, laisser couler mes aigreurs, raisonner là, à l'instant, en homme vil, j'en suis noué. D'autant qu'un papi, au bout du jardin, cueille des lilas, je le vois de ma fenêtre à peinture. Tout minuscule dans son pantalon de toile bleu passé, son maillot gris sans col, son corps est une mince virgule et il contemple d'abord les branches, les respire, et puis, son choix fait, donne un coup de son petit canif. Déjà il en a une pleine brassée. Il va disparaître sans que j'aie le temps de le dessiner, de me briser la colère à saisir sa silhouette…

Parce que, oui, la colère ! Parce qu'il y a pire et j'en bégaie en moi-même : il est insupportable que Charvet ait adressé aux chefs régionaux, pendant mon absence, un « rapport sur le désaccord entre Max et le comité directeur des MUR »… Un torchon qui amène sur la place publique, au niveau des exécutants, nos dissensions, ce qui énerve les militants et, j'en suis sûr, je le sens à l'attitude des Allemands, de la Milice, de plus en plus sur le qui-vive, ce rapport est parvenu à la connaissance de la police et de la Gestapo… Toutes mes initiatives, mes déplacements depuis dix-huit mois y sont retracés ainsi que l'activité récente de Vidal ! Peut-être aussi les objectifs de l'AS, son organigramme. En plus, ce con exagère le chiffre des effectifs des mouvements pour avoir plus de poids… Résultat, la Gestapo intensifie la répression… Ce qui, en bonne logique, prouve qu'elle a connaissance de ce foutu rapport. Je redoute le pire d'un tel inconscient. Où est le souci de sécurité ? Je le répète pour Londres, ce dieu lointain et sourd : je suis maintenant traqué, recherché par la Milice et la Gestapo. Peu importe si quelqu'un peut me remplacer dans le respect de ma mission… Charvet n'est pas envisageable à ce poste : il veut le premier rôle, le mien surtout, par soif de reconnaissance, quitte à torpiller la Résistance entière. Alors, pourquoi n'aurais-je pas écrit toutes mes amertumes sans précautions oratoires ? J'ai la sensation d'être un gamin qui dénonce des blagues de bizutage… Sauf que nous ne sommes bizuts ni Charvet ni moi…

C'est plutôt en dessin, mon vieux Jean, que tu seras toujours un amateur… Ton jardin des bords de Saône est achevé, techniquement pas trop mal, et il n'a pas de sens pourtant, il lui manque l'histoire. Il lui manque ce vieillard aux lilas et son énigme : pour qui les cueille-t-il ? Sa femme aimée depuis tant d'années, un fils enfui au maquis ? Foutus maquis…

Pourvu maintenant que Charvet s'en remette à ce que j'ai réussi à imposer aux trois mouvements lors du comité directeur du 6 mai, que Londres légitime clairement Vidal, laisse les maquis sous les ordres du comité directeur des MUR, c'est bon, je le préside, et que les groupes francs n'agissent que sur instructions de l'AS, par le truchement de Didot, responsable du noyautage de la SNCF, désormais détaché à l'état-major de l'AS… Nom de nom, il faut que Londres impose sa voix si la mienne ne sonne pas assez fort ! Il faut que tous les gaullistes admettent de Gaulle en tant que chef politique, chef de parti, appelé à prendre le pouvoir contre les usurpateurs, les Allemands, Vichy, Giraud… Je ne le crie pas encore trop fort mais il me semble que les maquis sont le vivier d'une armée secrète parallèle, infiniment plus nombreuse à terme que nos dix mille hommes, manipulable par des gens comme Charvet et prête à toutes les folies dans l'instant. Et ça m'inquiète… Encore une fois : les Allemands vont renforcer le potentiel répressif si on les harcèle… Une idée que les Francs-Tireurs et Partisans du PC n'admettent pas encore… Je ne regrette pas ma déclaration autoritaire d'avril : s'ils faisaient désormais partie de l'AS ils n'avaient qu'à claquer les talons ! Les ordres, nom de nom, les ordres !

À bien y repenser, il me semble que je passe trop de temps à régler des problèmes de préséance, des heurts internes aux mouvements, à prévenir les sautes d'humeur de Londres, à ménager des hommes, des résistants de toujours, dont le courage ne fait pas de doute, qui ont certes un droit historique au pouvoir mais devraient comprendre qu'il n'est pas nécessaire de l'exercer pour qu'il leur soit reconnu, oui, je perds de vue mon objectif, organiser concrètement ce qui nous manque, un Conseil de la Résistance unissant les deux zones, leurs mouvements, les syndicats et une représentation des partis politiques… Après tout sera verrouillé sous le contrôle de de Gaulle et personne ne pourra plus négliger son poids ou vouloir commander la Résistance métropolitaine, surtout pas les Alliés… Si ces frondes continuent, si je ne parviens pas à réaliser l'unité, un jour on me prendra, on m'exécutera, croyant décapiter la Résistance avec Max, et on ne tuera qu'un pauvre homme avec des rêves éteints…

Peut-être ai-je peint ces jours-ci comme jamais aussi longtemps, jamais avec tant de rage… Et je ne garderai rien de ces toiles, décidément elles ne valent rien, sinon qu'elles sont peut-être mes dernières et que peut-être la patronne d'ici en voudra… Comme ce restaurateur de Collioure qui se faisait payer en nature par Picasso…

Allons, sur l'instant la vie est simple, faut pas la bouder. Notre hôtesse a promis du lapin au dîner ! Je n'ai pas honte d'en avoir l'eau à la bouche… Le personnage de Galilée m'obsède toujours… Du temps de sa résidence surveillée, il était réputé ne penser qu'à manger des oies farcies, et durant qu'on le méprisait de sa goinfrerie, qu'on le croyait fini, il rédigeait clandestinement les *Discorsi* qui ont changé le monde… Est-ce que je peux en rétablir l'harmonie avec mes pauvres mots, ma pauvre carcasse de survivant ?

Mai, le joli mai, des lilas vert-de-gris fleurissent de plus en plus à tous les coins de rue. Rendez-vous à L'Étoile avec Maurice qui apporte un message chiffré, à glisser dans *Alcools* d'Apollinaire, urgent, pour Marcel Desmedt. Aujourd'hui est un beau jour de vrai printemps, à chemisettes et robes sans manches. Maurice a un tricot blanc rayé bleu, comme un maître nageur, un canotier. Moi je suis en rayonne grise, une camisole informe à col Claudine. Pas eu le choix de la couleur quand j'ai pu acheter cette robe avec mes tickets de textile. Mais, pour la première fois, j'ai maquillé mes lèvres du rouge offert par Maurice… Il trouve que je fais cocotte, fallait pas m'offrir de quoi le devenir ! Et puis les balafres écarlates de bisous à ton cou, tu t'en plains pas !

On est seuls. À part, au comptoir, Théo, le représentant en spiritueux, cravate relâchée, en nage. Il a ouvert sa valise où sont alignées des petites fioles de vin et fait goûter de la gnôle à monsieur Antonin. Du pas déclaré, direct de l'alambic, à écouler sous le manteau. Il parle bas, chaque mot protégé d'œillades circulaires des fois que, et s'éponge le cou sans arrêt.

Faut dire, rien n'est plus anodin à Lyon. Le moindre geste quotidien, une rue traversée, faire la queue en mairie pour obtenir ses tickets d'alimentation, traîner au bord du Rhône, déclenche des suées de persécution. Même chez les intrépides qui n'ont jamais bougé le petit doigt. Ça grouille de gestapistes, de miliciens, de collabos mouchards, d'agents retournés aussi, des résistants arrêtés puis relâchés à condition de renseigner le SD. Personne n'est ce qu'il paraît. Maurice et moi, on s'est dit que si on cédait à la paranoïa, qu'on se mangeait les sangs à chaque fois qu'on effectue nos liaisons, ça se verrait comme le nez au milieu de la figure, on tomberait tout de suite, ou bien on n'aurait plus le courage de rien, on deviendrait des traîtres. Alors on ignore le danger, pas par inconscience, par tactique. Juste à s'afficher tels qu'on est, des amoureux ordinaires. Ce qui n'empêche pas d'observer les règles de sécurité. Ni de trouiller de les oublier par routine.

Ce matin Maurice est grognon. À sa façon. Presque douloureusement, avec juste une moue dubitative pendant qu'il relit la fiche de lecture codée.

— Dis-moi ce que tu as…

— Rien.

— Maurice !

— Je me suis engueulé avec mes parents !

— Pourquoi ?

— Pour rien.

— Maurice !

— À cause de toi. Voilà, t'es bien avancée ? J'ai dit… J'ai dit qu'on allait se marier et ils ont poussé les hauts cris…

— Maurice, tu me demandes en mariage, là ?

— Mais non… Mais il ne se passe rien avec mes parents… Voilà… Allez, dépêche-toi. C'est la dernière fois que tu y vas : Desmedt résilie son abonnement à la bibliothèque Saint-André. Il ne le sait pas encore, tu le lui annonces : « Désolée, la paroisse réduit ma tournée. » Dis-lui seulement ça, c'est le mot de passe. Il sait ce que ça implique… Et toi, c'est mieux que tu restes ignorante…

Oh, mon Maurice, tu n'es pas dans ton assiette… Tu ne me dis pas tout des dangers courus par le réseau… Et tu sais que je suis proche de Marcel Desmedt… Tes histoires de parents, c'est pour m'égarer…

— Il est repéré ?

— Pas sûr. Mais les frisés ont l'œil sur tous les cadres SNCF. J'ai codé un message disant que le plan Vert avait été donné. Alors on prend nos précautions… Ça rafle beaucoup depuis quelques semaines, et pas au hasard…

Mon père, je pense à mon père, en zone interdite à Lille, pas de nouvelles, rien, faut pas ressasser, agir comme il le ferait. Comme il le fait sûrement s'il est toujours vivant…

On est là, à faire semblant de feuilleter Apollinaire, se parler à l'oreille, se bisouter sans triche, et comme ça on met la fiche de lecture dans le volume et je n'ai plus qu'à y aller, rue de Condé, me mettre en danseuse sur mon triporteur, faire la jolie vêtue léger et laisser les Allemands se rincer l'œil à mes mollets. Eux, je les mets dans ma poche au sourire. La Milice, c'est une autre paire de manches. Elle a contrôlé deux fois ma marchandise, fouillé, refouillé, dame, un triporteur, ça pue le trafic, le marché noir, et l'un d'eux te pelote vicieux pendant qu'un autre vérifie les bouquins, déçu qu'il n'y ait pas du saucisson, un lièvre, du beurre dessous. C'est quoi, ces fiches ? Un résumé avec une appréciation de lecture. Pour que l'abonné se fasse vite une idée. Ah ! Les deux fois ils étaient ignares, heureusement. Parce que Flaubert n'aurait pas reconnu sa Bovary dans ce que le chiffrage avait fait de son roman, ni Zola sa Nana.

— Et ça raconte quoi ?

— Je ne l'ai pas lu. C'est l'abbé Bernard qui rédige ces petites notes.

L'Église, la référence imparable de Vichy. Depuis 41 les évêques incitent à la collaboration… Alors, on n'est pas plus royaliste que le roi, ils m'ont laissée repartir. Les deux fois, à deux doigts de pleurer de honte devant ces gamins en uniforme, des valets de ferme désœuvrés, des voyous au petit pied pour qui le béret de milicien était l'alternative au STO, une revanche, un permis de tout. Espérons qu'aujourd'hui sera jour sans… Je vais prendre par les petites rues, moins surveillées. Maurice, le STO il n'ira pas… Son père lui a fait trouver un souffle au cœur.

— Et merde !

J'ai juré si fort que Théo a refermé sa valise d'un coup sec et Antonin vidé sa gnôle d'une lampée. Mon triporteur a une roue à plat. Même pas la peine de penser à réparer, l'abbé a déjà tellement vulcanisé la chambre à air que c'est une peau de serpent, écaillée de rustines. Maurice regarde sa montre :

— Je vais y aller, moi… On ne peut pas traîner…

Il enfourne *Alcools* sous son chandail, attrape son vélo :

— Vers quinze heures… Ici…

— Glisse le livre dans la boîte aux lettres…

— Et s'il ne la relève pas à temps ?

Un baiser chipé et il est déjà sur le pont à pédaler hargneusement. Je le suis des yeux, mon maître nageur, jusqu'à l'autre rive. Dans sa voix, les fleurs étaient fanées. J'ai cette pensée de carte postale pour poilus amoureux, et puis que j'aimerais un enfant de lui, après, et je reprends mon triporteur. Me reste à le pousser, sang et eau, jusqu'au presbytère. Puisse l'abbé accomplir le miracle de la multiplication du caoutchouc !

À midi je suis de retour à L'Étoile, rompue de ce foutu triporteur lourd comme un cheval mort. Je m'étais arc-boutée dessus d'ici à l'église Saint-André, à marcher de traviole pour essayer de soulager le pneu crevé, que j'abîme pas la jante en plus ! Mon brave abbé avait été aux cent coups, les yeux au ciel et la soutane tourmentée, tandis qu'il démontait, gonflait, plongeait la chambre dans une bassine, manches retroussées. Verdict : déchirure proche de la valve, miracle impossible. Par un paroissien qui faisait dans les cycles on trouverait peut-être une chambre neuve mais ce serait cher et long… J'ai laissé l'abbé en contemplation devant le triporteur renversé sur le dos comme un scarabée avec une patte arrachée. Pas faraude : sans mon engin, ma couverture de bibliothécaire volante tombait !

Et maintenant, installée sur une chaise dehors, face au Rhône, plein soleil, les bras me tremblent tant de mes efforts de charretier que j'ai du mal à lire mon Suétone, *Vies des douze Césars*. Je me suis remis du rouge, que ça fasse revenir Maurice, que je lui dise mon envie de bébé… Voilà pourquoi je vois Fred, le mécano, en toile bleu passé et maillot élimé, déboucher du pont, traverser le quai au petit trot et venir s'allumer une cigarette, dos à la vitrine, tout contre moi. On est tous bien secs à l'os en ce moment mais avec les beaux jours, sans les couches de vêtements d'hiver, on va assister à des danses macabres sur les trottoirs, le squelette va se porter apparent cette saison. Lui, Fred, c'est pire, il pourrait poser sa boîte d'allumettes en équilibre sur sa hanche, saillante sous la ceinture. Ses airs de tango ténébreux font illusion quand même, et l'énergie sombre de ses yeux, la violence de ses déplacements. Sa voix satinée de chanteur de charme étonne. Il se penche pour abriter sa flamme du petit vent et ainsi il est à hauteur de mon oreille :

— Auguste est tombé… Une souricière rue de Condé… Il est monté chez Lison où la Gestapo l'attendait…

Quoi, qu'est-ce qu'il dit ? Auguste, Lison ? Comment il sait, Fred ?

— Lison ?

— Le type des chemins de fer… Je ne sais pas son vrai nom… Celui de ton zèbre non plus, d'ailleurs…

— C'est pas un zèbre, c'est un buffle, fort, placide et obstiné, et intelligent…

Pourquoi j'ai répondu d'un trait ces âneries ? Je suis lisse à l'intérieur, comme le corps creux d'une statue où mon cœur sonne des échos paniqués. Le Suétone a glissé à terre, Fred le ramasse, le feuillette, l'air d'en parler avec moi :

— Oui, eh ben, il est en cage, ton animal… Avec Lison, à l'École de santé militaire… Je les ai vu emmener et j'ai suivi…

— Qu'est-ce que tu faisais là ?

— J'allais transférer Lison où il me dirait… Moi je savais pas où… Une réunion, une planque, un terrain d'atterrissage… Les bagnoles, c'est mon boulot. J'ai retapé une Hotchkiss au petit poil côté moteur, le reste est minable, exprès, ça fait que je peux lever le capot et attendre mes passagers, personne est surpris de me voir les mains dans le cambouis… Celui que je dois convoyer arrive, fait semblant de causer mécanique une petite minute avec moi, le temps de vérifier l'horizon dégagé, on monte en auto et fouette cocher ! Là, je pouvais rien…

Peu à peu je mesure, Maurice et Marcel Desmedt arrêtés, c'est le réseau Fer ou ceux qui touchent au plan Vert qu'on décime, les gens du SD sont en train de remonter la filière. Surtout, c'est moi qui devrais être aux mains de la Gestapo à cette heure. Marcel m'aurait donnée ! Les frisés ont pris le messager mais ils attendaient une fille, ils savent mon nom et mon adresse…

— Maurice, Auguste je veux dire, est allé porter un message à ma place…

— Il avait des papiers ?

— Un message codé… Et peut-être une liste…

— Alors t'es en danger… T'as des faux papiers ?

— Non.

— Je m'en occupe… Quel nom tu veux ?

— Agathe Morisot, avec un s et un t au bout…

— Date et lieu de naissance, je me débrouille… Comme profession, fleuriste, ça te va ?

— Pour ne pas manquer de chrysanthèmes ?

Et les larmes me viennent, le soleil tout diffracté dedans. Fred me met le Suétone entre les mains.

— Pars pas battue. Il est pas encore mort, ton Auguste… Toi non plus… Si tu te laisses pas aller… Faut disparaître un moment… Antonin se charge de toi pour l'instant, après on verra… Ah, tu as une photo d'identité ?

— Pas sur moi.
— Donne-la à Antonin avant ce soir.

Antonin m'a sauvée. Mes maigres impedimenta, trois frusques et mes bouquins, il m'a ordonné de les emballer vite fait et de les transporter dans une chambre au-dessus du bistrot. L'accès se fait par une porte qui donne sur la place, ni vu ni connu. Exécution !

— Tu crois que j'ai pas compris votre manège, à tous les deux, toi et ton galant ?

L'idée était simple : si j'avais été dénoncée la Gestapo débarquerait chez moi très vite, si Maurice avait été raflé par hasard on ne remonterait pas à moi, à moins qu'il ne parle sous la torture… Mais, de toute façon, dans un délai assez bref je pourrais réintégrer mes pénates : quelle meilleure cachette que celle qui a déjà été fouillée ? Sinon, on trouverait un repli ailleurs. Il fallait attendre et voir venir. Et ne pas pleurer.

Maintenant je suis dans ma chambre du troisième, au-dessus du café, et j'attends derrière une fenêtre à voilages. Antonin se charge de faire prévenir, *via* Fred, mes abonnés spéciaux, les destinataires des livres chiffrés, par précaution. Pas moyen de raisonner ni de tirer des plans, je suis pêle-mêle, à imaginer Maurice cogné, supplicié, en même temps inquiète d'Irène, de mes cours, de mes examens, même à me voir repérée, interrogée à mon tour, et sans rien à échanger contre ma vie puisqu'ils ont déjà Marcel et Maurice, à moins que Fred et Antonin ne vaillent cher, et honteuse de ces mesquineries de pensée.

À treize heures ils sont là. Quatre en civil dans une Traction. Un blond reste appuyé au coin du pare-brise. Là-haut ils ne traînent pas. Cinq, six minutes après ils remontent dans la voiture, qui reprend le pont. Je me penche à la fenêtre pour voir si la voie est vraiment libre : ma logeuse les a suivis jusqu'au seuil où elle s'attarde, bras ballants, ébahie. Et puis elle doit s'écarter, laisser sortir Jacques Martel, un petit bagage à la main. Au passage, il soulève son chapeau.

Maintenant je suis sûre d'avoir été trahie par Marcel. Les Allemands vont être contents de lui : ils ont tous les renseignements sur moi, et sur Maurice en prime. Pourvu qu'ils ne s'aperçoivent pas de son importance ! Sûrement il dira qu'il me rendait juste un service occasionnel en apportant *Alcools*, que je suis seulement sa maîtresse, il ne sait rien de mes clandestinités… Marcel ne le connaît pas, ça peut marcher… Mais je suis grillée, du coup… Et l'abbé Bernard ? Ils vont remonter jusqu'à lui, totalement innocent… Heureusement, il n'a que la liste des emprunteurs de livres qui n'appartiennent pas à la Résistance. La liste supplémentaire, des lecteurs codés, celle que j'ai communiquée à Antonin, je suis la seule à l'avoir. Et Maurice, évidemment… Et… imbécile que je suis : pourvu qu'il ne l'ait pas gardée dans mon vieux cours d'histoire médiévale, il y a mon nom sur le classeur !

Tout à l'heure, j'ai bien cru que j'étais cuit. La Gestapo a une façon de monter l'escalier qui ne trompe pas. Surtout pas en fanfare. Pas d'ordres beuglés en allemand, pas de fracas de bottes aux marches de bois. Ils sont feutrés et très rapides, grimpent quatre à quatre… et en silence, alors qu'ils sont plusieurs, souffle retenu. Ça ne trompe pas : les groupes de visiteurs ordinaires bavardent, perdent haleine, s'interpellent. Pas eux. Le temps de dresser l'oreille, de voir par ma fenêtre la Traction à l'arrêt avec un blond en faction, de rafler d'un seul geste sur la table l'essentiel de mes documents, de les glisser dans mon petit poêle éteint, je les ai entendus passer devant ma porte, continuer dans les étages… Plus haut je ne connais pas les locataires. À part Morisot… On rechercherait Morisot ? Pour quelle raison ? Elle serait une petite abeille industrieuse dans un réseau ? Ou bien elle m'a menti et fricote avec son jules dans les milieux collabos, ce qui expliquerait notre sauvetage avec Antoinette chez Rose, l'autre fois… Le lendemain ils sonnaient creux tous les deux… Ce tube de rouge à lèvres récupéré au marché noir, il est fleur bleue ou collabo le Maurice…

Ce qui voudrait dire, au pire, que je suis repéré depuis longtemps et en sursis, qu'on me laisse la bride sur le cou en attendant le bon moment… Pour l'heure, le danger est plus immédiat. Conserver les yeux ouverts, de toute façon. Je suis resté aux aguets, le nez levé sur les bruits au-dessus. Ils ont frappé à une porte… Plus rien pendant un petit moment et ils ont redévalé les étages, bredouilles : avec un prisonnier ils auraient parlé fort, le rythme de la descente aurait été plus heurté. Vérification discrète à travers ma fenêtre. Effectivement, trois hommes en civil plus le chauffeur blond remontent en voiture et repartent vers le pont. Faut pas traîner ici, mes papiers dans une sacoche, les quelques vêtements de rechange laissés au cas où, et je suis déjà en bas, à soulever mon chapeau devant madame Labonne, la logeuse. Dire que j'aurais pu être pincé alors que je ne fais plus que de brefs passages place Raspail ! Tony doit passer une partie de la journée rue des Marronniers, j'ai des chances de le joindre. Peut-être pendant son repas dans un des bouchons de la rue. Cette idée m'en fait venir une autre, bien bête, pendant que je traverse le pont : les Lyonnais maigres n'émargent pas au marché noir ni aux passe-droits des autorités de Vichy, Milice et compagnie, ou des Allemands… Les autres, les gras, les charnus, mieux vaut s'en méfier. Le théorème de Moulin, j'en rirais presque…

Tony sort juste du bureau comme je tourne le coin. Il a son sourire de jeune premier flambant neuf avant même de me voir. Me fera toujours penser à Roland Toutain, le casse-cou du cinéma, mélange de candide joyeux, de trompe-la-mort minutieux et de passionné.

— Pourquoi vous riez, patron ?

— Une sottise à propos de ravitaillement…

— Justement, j'allais manger…

— Pas faim… On va marcher…

— On prend vers les Jacobins ?

— Pour passer devant le *Progrès*, tenu par la Milice ? La belle architecture d'accord, mais les occupants me gâchent un peu le plaisir… Direction le quai, côté Hôtel-Dieu. Et vous, pourquoi ce sourire ?

— Bonnes nouvelles !

— Une fois n'est pas coutume…

— Aubrac est sorti !

— Évadé ?

— Remis en liberté !

— Comment est-ce possible ?

— Alors là, vous n'allez pas me croire !

— Bien sûr que si…

On tourne sous les arbres aux feuilles vert tendre du quai, et il faudrait fermer les yeux, croquer ce printemps qui fait semblant de rien, se moque de la guerre et des hommes qui la font, loyalement ou traîtreusement. Tous ceux-là qui longent le fleuve, pressés, distraits, sont la chair de la France. Nous soucier d'eux au prix du danger, qu'ils se soulèvent ou non au jour de la libération, qu'ils soient des salauds ou des victimes, est essentiel. Je ne sais pas si nous serons des martyrs ou des simples mécanos de la liberté, mais tous il faut les sauver. Ou n'en épargner aucun.

Tony raconte avec des joies de gamin :

— Le juge Cohendy, qui fait de son mieux pour les nôtres dans sa fonction, avait juste retenu le grief de marché noir, recommandait l'élargissement. Mais le procureur Ducasse, ce collabo, refusait depuis mars, vous vous souvenez… Eh bien Catherine, la femme de Vallet-Aubrac, est allée direct chez Ducasse, c'était le 9, le menacer… S'il ne relâchait pas son mari, il serait exécuté par la Résistance… L'autre se hausse du col et Catherine ne se démonte pas, elle lui dit d'écouter Radio-Londres le soir, s'il entend le message qu'elle lui récite et n'obéit pas il est un homme mort ! Ce message n'a aucun rapport avec Aubrac, elle vient de l'entendre, mais elle est quasi certaine qu'il sera rediffusé… Au bluff… Et c'est ce qui arrive ! Le lendemain, Aubrac est libéré !

Vrai, je m'en sens tout ragaillardi, fier et ému, l'œil humide comme trop souvent, nigaud que je suis…

— Oui, de pareilles femmes sont hors du commun, avec une telle capacité à la lutte…

Et je pense pêle-mêle à Antoinette, Colette, et Morisot peut-être… Et qu'en même temps le couple Aubrac est un peu grillé si Ducasse parle… Peu probable, il perdrait la face devant Vichy et les Allcmands…

— C'est pas tout, patron… Ceux qui avaient été pris avec Aubrac en mars, la souricière de la rue de l'Hôtel-de-Ville, Marchal, Legrand, Fouquet, et qui étaient encore hospitalisés bidon à l'Antiquaille, ils ont décidé de tenter un coup de force pour les faire évader ! Et ils l'ont fait ! Ils sont allés les chercher, déguisés en soldats allemands ! Réquisition de prisonniers ! Et ces crétins de policiers français ont laissé faire… Aubrac était de l'expédition, vous vous rendez compte ?

— … Qu'il faut croire à des valeurs humaines, à sa patrie, pour courir de tels risques, et être complètement inconscient.

— Ou amoureux… Catherine voulait absolument qu'Aubrac soit avec elle le 14, jour anniversaire de leur rencontre ! Elle aurait déplacé des montagnes…

— Mais les montagnes auraient pu les écraser tous… Ceci dit, ils ont remporté une victoire à ne pas oublier et vont pouvoir reprendre du service clandestin. À condition de se faire oublier… Peut-être de quitter leurs habitudes et relations lyonnaises…

La solitude, l'écart, l'absence d'attaches, voilà la sécurité… À quoi je suis bien incapable de me plier toujours… Quant aux anniversaires… Le 20 juin, j'aurai quarante-quatre ans… Si je tiens jusque-là… Je montre mon bagage à Tony :

— Grammont, il me faut une planque, le temps que je monte vraiment m'installer à Paris…

Tony enlève son pull sans manches, regarde l'heure à sa montre :

— Vous pouvez toujours dormir chez moi, je vous l'ai déjà proposé…

Fred ne met que trois jours à m'apporter de faux papiers. Trois jours à ne pas quitter ma chambre au-dessus de L'Étoile. Tout le jeu de l'identité. Je suis née près de Dunkerque, de parents employés. Pas de risques de vérification : l'état civil du bled a été détruit au moment de la débâcle de 40. Reste à m'inscrire en mairie pour les tickets de ravitaillement qu'il me fournit. Et à voir comment je peux récupérer la pension mensuelle envoyée par mon père chez Marcel et Odile. La seule solution est d'aller rue de Condé pour ma première sortie en tant que Morisot, fleuriste…

Pour l'instant je compte rester dans ma planque et ne pas réintégrer ma turne tant que je n'ai pas démêlé la cause des arrestations.

Durant le trajet à pied, je ne vois pas la ville, rien que des ex-voto douloureux, nos repères d'amour ordinaire avec Maurice. Cette vacherie de ciel bienheureux, le bâtiment des Postes, place Bellecour, et le long quai du Rhône, avec ses porches à baisers, un ou deux bistrots où on a comploté, jusqu'à tourner à droite après le pont de l'Université.

En bas de chez les Desmedt, je réalise que je ne peux pas sonner à l'improviste. Peut-être l'immeuble est encore une souricière. Alors je passe devant, au pas ralenti. La large porte est ouverte, quelqu'un balaie l'escalier. Décidément, non, trop risqué. Alors je me force à aller jusqu'à la Saône et revenir par le trottoir opposé, calmement, m'asseoir aux marches de l'église Sainte-Croix, presque en face. Et j'attends. Si Odile ne sort pas avant midi, j'abandonne… Il s'écoule un peu de temps, vraiment peu et Odile est là, elle traverse si vite, en biais, que je dois courir la rattraper, faire mine de la bousculer dans ma hâte et m'arrêter m'excuser :

— Au coin du pont, Odile, je vous attends…

Et je repars au petit trot, jeune fille pressée d'un rendez-vous, m'accouder au parapet. Rapidement, Odile me rejoint regarder le large dos frémissant du fleuve. Elle a pris des siècles d'un coup, grise, le chignon à la diable, la voix monocorde, au-delà du chagrin, comme une femme abandonnée après un long amour :

— Il ne faut plus venir, Agathe. C'est grillé… Un nommé Moog, de la Section IV, a tenté le coup du laitier deux fois… Sonner à l'aube, voir si je ne cache personne… Les petites et moi on est aussi en sursis… Si on était juives…

— Qui a parlé ?

— Va savoir… L'un des membres du réseau Fer ? Ils en ont arrêté pas mal ces temps derniers… Marcel devait partir à Londres ou en Suisse, au plus pressé… On t'attendait avec les instructions… Et ce garçon, l'agent de liaison, est tombé au mauvais moment… Pourquoi ce n'était pas toi ?

— Parce que je porte malheur. Il me remplaçait... On est fiancés...

— ...

— Qu'est-ce qu'ils ont fait d'eux ?

— Marcel a été transféré à Montluc... On l'amène chaque jour pour être interrogé à la Section IV, celle de Klaus Barbie... L'autre, ton amoureux, il faudrait se renseigner, demander un droit de visite... Mais à quel titre ?

— Ses parents le peuvent... Sauf qu'ils sont maréchalistes jusqu'à la moelle, au moins pour la galerie, parce que le marché noir, ils en tâtent... Je ne me vois pas aller aux nouvelles chez eux... Si ça se trouve, la Gestapo voulait m'arrêter, moi...

— Non. Pourquoi ? Ils voulaient le porteur du message, garçon ou fille... Ils ont passé les menottes à Marcel et n'ont même pas eu à fouiller : tous les papiers étaient dans sa serviette pour son départ... Après, ils ont attendu en silence, les armes braquées... Je me souviens que le chef, ce fameux Moog, regardait par la fenêtre un type qui réparait un tacot... Ça le faisait rire...

— Mais quelqu'un m'a donnée : la Gestapo était chez moi deux heures après l'arrestation. Je ne vois pas Maurice me trahir si vite...

— Donc ce serait Marcel ? J'ai bien compris ton accusation ? Il n'a jamais été arrêté, jamais emmené dans les locaux de la Gestapo...

— Souviens-toi, il se demandait s'il réagirait bien face à une menace de torture... Il a peut-être suffi qu'ils lui montrent une baignoire, des pinces... Oublions, c'est fait maintenant, quel que soit le coupable... Je suis un peu gênée de vous demander, Odile... Ma pension, comment on fait ?

— Ma pauvre Agathe, ta pension n'a jamais existé. Ton père n'a pas donné une seule fois de ses nouvelles. Marcel te donnait sur nos deniers. Maintenant…

— Je comprends… C'est mieux, de toute façon, qu'on ne se voie plus… Vous connaissez mon vrai nom, mon adresse…

— Et je pourrais t'échanger contre Marcel… Je crois que je me sentirais un peu dégueulasse, vois-tu ?

Elle s'est redressée, me regarde en face, digne autant qu'elle peut, à fleur de sanglots. Et moi, oui, je me sens à me noyer.

Jamais on ne sait ce qui se noue à notre insu, que nous ne percevons pas sur l'instant et finit par gouverner pourtant notre existence, comme le premier regard échangé avec une gamine qui deviendra l'amour d'une vie, longtemps après. Certains parlent d'ironie du sort. Ceux-là ne croient pas aux hommes et à leur fidélité aux idéaux. Dans quelques heures un pan énorme de ma tâche sera accompli : le Conseil de la Résistance se sera réuni. Conseil national, oui, songer à ajouter « national »... Or son secrétaire est Pierre Meunier, rescapé de l'arrestation de Manhès en mars... Ah, mes vieux complices, rencontrés en 34, au moment où Croix de Feu et Camelots du Roi tentaient de renverser la République ! On a eu chaud ensemble ! C'était le temps où l'ami Pierre Cot était ministre de l'Air... Qu'est-ce que tu fais aujourd'hui à New York, Pierre ? Ta place était parmi nous... Comme quand tu nous as permis sous le manteau, à Meunier et à moi, en 36, de livrer clandestinement des avions, des armes aux républicains espagnols... Déjà la clandestinité... Tu occupais à nouveau le même poste dans le gouvernement Front populaire de Blum... Et notre CNR va voir le jour chez René Corbin, membre autrefois du même cabinet ! Nous prêter votre appartement, René, j'y vois moins du courage ou de la témérité que de la manifestation d'une simple dignité…

Allez, suffit pour les émois d'anciens combattants… Tu radotes d'impatience ou de vanité, mon Jean… Respire la ville, et souviens-toï de ce parfum quand elle sera libre…

Traverser Saint-Germain vers la rue du Four, au 48, apercevoir Montparnasse au bout de la rue de Rennes, me fait le même effet, presque poétique, d'éclairer un univers obscur… Mai, le joli 27 mai… J'erre à travers mon beau Paris sans avoir le cœur d'y mourir… Surtout pas… Ce sera ma façon de vivre Apollinaire, sa « Chanson du mal-aimé »… Mal-aimé ça me va bien, moi le délaissé de ces dames… Oh, ce sont là pleurnicheries de collégien, suis-je sot d'en démentir le beau jour… Toutes ces Parisiennes croisées, en cheveux et robe légère, le nez retroussé sous le soleil, me bouleversent qui traversent la chaleur du boulevard à mes côtés, entre les vélos-taxis… Et vous les fridolins en patrouille, casquette virile, niais à reluquer ces dames, on vous joue aujourd'hui un tour de cochon dont vous ne vous remettrez pas… Si vous saviez qui vous passe sous la visière !

Les autres membres arriveront par petits groupes. Meunier se charge de les récupérer aux stations de métro. Objectif clair : apporter notre soutien inconditionnel à de Gaulle contre Giraud… Il est désormais reconnu comme chef suprême de la Résistance nationale des deux zones, unie, et parle en tant que tel… Je fais l'exposé liminaire, j'espère que ma voix tiendra, faire la guerre, rendre la parole au peuple de France, rétablir les libertés républicaines, travailler avec les

Alliés à une collaboration internationale où la France ait sa place, surtout aller vers une forme de bipartisme élargi, à la libération, qui fasse table rase de la foule de formations politiques IIIe République, incapables d'alliances profondes… Ensuite, deux-trois questions pour la bonne forme si les représentants des vieux partis renaudent, on lit le message de De Gaulle demandant un effort proprement français, unifié, lors de la libération, qui soit alors un appui pour le comité national de Londres à faire valoir les droits et intérêts de la France dans le nouveau concert mondial… Ce sera au suffrage citoyen de s'exprimer sur les aspirations de ceux qui ont participé à la lutte. Je flaire qu'on veuille nous cantonner dans un rôle consultatif une fois le travail fait, tordre les valeurs républicaines, pour un peu je serais d'accord avec les réticences de Frenay… Il conviendra simplement alors d'être vigilants, pour l'heure à cheval donné on ne regarde pas le mors, passons… Dernier point, faire approuver la motion rédigée par Georges Bidault-Léandre sous mon autorité, notre responsable du bureau d'information et de propagande, et l'affaire est dans le sac…

Hop là ! Un poil près et l'animal m'écharpait avec son coupé sport… Même pas pu reconnaître la marque ! Une Delahaye ? Ça m'apprendra à traverser distrait… Eh ben dis donc, encore un peu et mes adversaires triomphaient sans combattre…

Mais vous pourrez intriguer, mes braves Frenay-Charvet, d'Astier-Bernard, filer à Londres, à Alger, il sera trop tard pour la discorde, votre venin sera inopérant… Faudra que je sois ferme, pas cassant, je peux l'être souvent je sais, face aux communistes… Ils vont essayer de tirer la couverture à eux, de s'approprier les mouvements, vont renâcler… Critiquer la présence de représentants des partis politiques compromis dans la débâcle de la IIIe République… Pas question de céder. Réaffirmer la nécessité démocratique que ces partis participent au redressement après la victoire, hors le personnel et les errances d'avant-guerre. Donc garder intacte de toute rature une motion qui sera le ciment de notre élan commun et offrira une légitimité définitive à de Gaulle, vite, ne pas laisser s'installer des dissensions qui feraient traîner en longueur, et s'éparpiller ensuite dans la nature par poignées… Minimiser ainsi le risque d'une rafle qui décapiterait la Résistance. Mieux vaut ne pas songer à cette éventualité, je rebrousserais chemin… Dire que Londres a multiplié une fois encore le danger par leur communiqué triomphal du 14 qui annonçait la première réunion du CNR, comme le départ d'une croisière aux îles… La Gestapo prendrait bien son billet… Ceci dit, c'est ma faute, je n'aurais pas dû câbler à de Gaulle que l'affaire était dans le sac, lui laisser ainsi la possibilité de s'en prévaloir face à Giraud. *Mea culpa*…

Allons, le 48, m'y voici. J'ai marché perdu dans mes pensées, et ce coupé sport… Sans compter qu'on peut de plus en plus m'identifier, qu'on m'a peut-être suivi… Maintenant c'est trop tard… Tu oublies les consignes de sécurité, mon vieux Jean, pense à ceux dont la liberté dépend de la tienne… Ne pas être insouciant, demeurer lucide face au danger aussi familier que le battement de ton cœur… qui peut s'arrêter à tout moment…

Premier étage. Les volets sont clos. Faut franchir le pas… Morisot me rappellerait le Rubicon de César et les dés jetés… Foutue Morisot, tu me manques, chère effrontée…

Meunier, chaque fois sa taille de lutteur forain m'épate, Meunier m'ouvre. Il fait déjà chaud dans ce living-room cadenassé. Qu'est-ce que ce sera tout à l'heure, quand nous serons au complet, à près de vingt ! On va la jouer serré, cette partie décisive…

Deux heures, on est restés deux heures ensemble, ce qui est la pire folie… Mais c'est fait ! La guerre n'est pas gagnée mais la France combattante a remporté une bataille. Je devrais péter mes coutures de triomphe et ce n'est pas le cas… Pourquoi ? On m'aurait laissé le rôle tape-à-l'œil de César *imperator* comme à un gamin ? Alors que le vrai du vrai se machinerait dans les arrière-boutiques de Brossolette-Brumaire et Passy-Arquebuse, leur foutu comité dissident de coordination zone nord ? Non, peux pas douter, voilà qui serait insulter à la loyauté des membres du présent comité. Simplement, par insatisfaction maladive, il m'apparaît que nous allons nous épuiser à être prêts, à attendre le grand jour, l'arme au pied, et que la chicane, la vente anticipée de la peau de l'ours, aura le temps de ronger les plus belles unions patriotiques… Le moyen de faire autrement ? Je suis décidément paranoïaque… Je crains surtout ce qui nous reste à verser de sang, de sueur et de larmes. Pourtant la réunion fut un moment où l'histoire se cristallise, un serment du Jeu de Paume… Dix-sept représentants des composantes multiples des anciens partis de la IIIe République reconnus en Résistance, syndicats et mouvements de zone nord et de zone sud engagés dans la lutte… Enfin, l'unité ! En tout cas, maintenant la pierre de touche est posée par cette motion : on laisse Giraud ronger un bel os, il serait commandant en chef des armées françaises ressuscitées, mais on réclame un seul gouvernement provisoire, qui balaie de fait et légalement la dictature de Vichy, ses valets et son idéologie, ainsi on aura une force combattante unie, instrument indispensable de la libération et de la résurrection de notre pays… Ce gouvernement sera dirigé par de Gaulle, père historique de la Résistance depuis le 18 juin 40… La date où la mort m'a fait crédit. Qu'est-ce qui me reste de ce crédit ? En tout cas, voilà la position du peuple qui lutte sur le territoire métropolitain… Votée à l'unanimité…

Oh, comme prévu, notre compagnon du Front national, les communistes résistants et le PCF, Mercier et Villon, ont bien essayé d'objecter pour préparer une proposition concurrente : ne pas céder au culte de la personnalité, jolie remarque pour des admirateurs de Staline, se préoccuper d'abord du combat sur le terrain, d'un soulèvement de la population, même, ne pas repousser d'emblée un partage du pouvoir de Gaulle-Giraud, puisque de Gaulle n'est pas capable d'assumer depuis Londres le contrôle pris par Giraud sur les forces présentes en Afrique, attribuer au Conseil la fonction d'organe provisoire de la souveraineté nationale et en appeler au peuple français… Ben voyons, je m'y attendais, à ces utopies de révolution immédiate et générale… Dieu merci, personne n'était au courant de leur motion concurrente ! Et j'ai improvisé une contre-attaque efficace : il m'a suffi de souligner le risque couru si Mercier et Villon continuaient d'élever la voix au point qu'on les entende du trottoir et si nous demeurions réunis plus longtemps à discuter, par une chaleur insupportable, entassés à dix-sept dans un espace réduit, qui nous empêchait de considérer sereinement d'autres vues, promettre d'examiner la contre-proposition ultérieurement, voire de faire les comptes à la libération quand nous saurons où la mort a frappé, sans être cassant, juste avec une autorité pragmatique, et le vote a été acquis. Meunier a pu organiser des départs échelonnés, qui n'éveillent pas l'attention. Je suis parti le dernier, rejoindre Alain et lui dicter les câbles pour Londres.

Devant moi, le printemps coule d'un ciel tranquille au soir du boulevard, de la rue de Rennes, et ma gorge me taquine pourtant… Quand donc serai-je content ? Puissent les radios de Londres et d'Alger relayer la nouvelle de notre existence unie et de notre détermination à mettre en œuvre nos objectifs… Sinon nous aurons prêché dans le désert. Et j'ai peur des atermoiements d'intrigue du BCRA, de l'hostilité des Alliés confrontés à de Gaulle en position de force… Foutus Américains qui n'attendent qu'une chose : installer en France libérée une administration de territoire occupé ! Comptez-y, mes yankees jolis ! Quoi qu'il advienne, aujourd'hui, tous, socialistes, communistes, démocrates populaires, petits partis à l'agonie, et vous, gens de Combat, de Franc-Tireur et de Libération, même en l'absence de vos chefs, même avec la certitude que l'avenir politique des mouvements s'arrêtait là, tous vous avez été à la mesure de l'histoire, humblement… Croyant n'être que des hommes, avec la trouille de n'être rien que cela, vous qui étiez présents tout à l'heure, quelle que soit votre appartenance politique, résistante, vous êtes des héros, justement de votre humanité nue. Vous ne mourrez jamais. Vous êtes de bronze, pour vous tuer il faudrait fusiller vos statues…

Seule près des parvis de Saint-Germain, une gamine aux yeux couleur thé chiffonne à deux mains l'ourlet de sa robe rose comme une aurore. On voit ses genoux, ses cuisses de brunette. Elle a quoi, cinq ans, et attend. Sur son cœur de petite fille une étoile jaune est cousue. Peut-être que ses parents viennent d'être emmenés à Drancy, ce triage des camps de la mort… J'aurais envie de la dessiner et c'est pas bien, cette envie d'artiste des dimanches. Il faudrait que je reste avec elle, la protéger, jusqu'à ce qu'un père, un grand frère viennent la prendre par la main. Et sinon la ramener chez elle… Mais plus personne n'est en sécurité avec moi.

J'ai tenu quelques jours tranquille au-dessus de L'Étoile après ma rencontre avec Odile Desmedt, et puis plus du tout, les précautions par-dessus les moulins, il me fallait de l'action… Si j'avais été armée, si j'avais eu une petite troupe dévouée avec Fred et une auto, j'aurais peut-être tenté un coup de main en guettant un transfert de Montluc à l'hôtel Terminus… Des extravagances qui me passaient par la tête et puis je me remettais à ruminer par quelle trahison la police m'attendait chez Desmedt-Lison… Puisque ce n'était pas Marcel…

Pour bouger un peu, je suis retournée dans ma soupente du numéro 2, voir si je pouvais la réintégrer suivant la théorie de monsieur Antonin comme quoi la plus évidente des cachettes serait la meilleure… pour constater qu'ils étaient revenus. L'autre midi, ils n'avaient pas eu le temps matériel de la fouille méthodique. Maintenant, le poêle était ouvert, la maigre vaisselle empilée dans l'évier-lavabo, le papier kraft des étagères de l'armoire ôté, le matelas roulé dans un coin et le sommier dressé à l'envers contre le mur, ressorts apparents. Du travail soigné, sans rien abîmer. Ils ne reviendraient pas, j'étais tranquille… À moins que les Noël soient passés chercher leur fils chez moi ? Ils ont la clé, la porte n'a pas été fracturée… Doivent bien savoir où il est maintenant… Et puis ils ont des accointances, ils peuvent intervenir… J'ai pensé tout ça en vrac et non, je ne me sentais pas de revenir là, peut-être quand Maurice serait libéré, et encore… Fallait couper les ponts, net. Pour l'instant chercher à récupérer cette foutue liste si Maurice ne l'avait pas sur lui au moment de son arrestation… Qu'elle ne tombe aux mains de personne, surtout pas dans le dossier avec mon nom… En espérant que Fred ait pu prévenir les boîtes aux lettres à temps, qu'elles fassent disparaître tout papier compromettant.

D'abord la fac de pharma… M'introduire en fraude dans un cours d'amphi sur les alcaloïdes… À la fin j'ai abordé un binoclard malingre : je suis nouvelle, réfugiée, est-ce que tu peux me dire où sont les casiers des étudiants ? Il m'a ri au nez, les yeux sur ma poitrine, tu sors d'où, on n'a pas de casiers perso… On peut laisser des messages punaisés au foyer, c'est qui que tu cherches, ton prénom c'est quoi ? J'étais déjà loin. Maurice n'avait donc pas caché la liste de nos boîtes aux lettres, de mes lecteurs, à la fac… Pas ici, peut-être ailleurs, dans un coin inaccessible… Chez lui ?

Je suis allée, j'ai couru rue Victor-Hugo, à la pharmacie Noël. Bien consciente que je devrais jouer la cruche délaissée par son chéri, le chagrin d'amour… Essayer de prétendre avoir mélangé un de mes cours à ceux de Maurice, est-ce que je peux regarder dans sa chambre ? C'est de l'histoire médiévale… Et m'arranger pour retrouver la liste, même une fois que les parents m'auraient appris son arrestation par la Gestapo et que je me serais effondrée de désespoir.

Ça, je n'aurais pas grand effort à fournir… Soyons lucides : je peux toujours tirer des plans sur la comète, si la Gestapo est venue perquisitionner chez eux et qu'ils ont trouvé la liste, ils savent déjà qu'elle correspond aux boîtes aux lettres d'un réseau et ils ont mes coordonnées… Et, si les parents tombent sur mon dossier d'histoire, ils n'auront jamais idée de ce qu'il représente…

Maintenant que j'arrive devant la pharmacie, il est évident que je décaroche. Jamais ses parents ne m'autoriseront à fouiller les papiers de Maurice… L'officine est fermée, des volets vert sombre accrochés aux ouvertures.

Sur celui de la porte, un petit feuillet écrit à la main. Je m'approche : « Fermé pour cause de deuil. »

Je sais que je suis morte à cet instant-là. Tout mon sang s'est retiré et n'est jamais revenu, le cœur s'est arrêté, mes peurs et mes espoirs ont fini, et ce qui s'est éloigné de là, plus tard, n'était qu'une ombre, un fantôme qui abandonnait à ce trottoir sa vraie vie dont il ne conserverait plus que les apparences.

Longtemps, total vide, j'ai dû rester devant l'affichette parce qu'une maigriotte, une concierge du coin peut-être, m'a interpellée, juste derrière moi, que j'en ai sursauté :

— Allez donc vers les Jacobins, il y a une pharmacie ouverte…

Elle est en tablier, cabas à la saignée du coude, me considère des pieds à la tête :

— Paraît que monsieur-madame Noël vont céder la pharmacie, se retirer à la campagne… Rapport à leur fils unique qui s'a pendu à Montluc… Plus personne pour leur succéder, ça chagrine, en plus du deuil, j'entends… Il s'a pendu avec son tricot de corps…

Pour en arriver là, il devait fricoter avec les communistes, croyez pas ? Ça aussi, les Noël, ils ont dû en avoir le sifflet coupé… Une honnête réputation ben compromise… Peuvent pas rester ici, non…

Je crois que je n'ai pas cillé, pas un mot, juste tourné les talons, je redescends vers la place Bellecour. Sur le pont de la Guillotière, l'image me vient de Maurice, torse nu, la soie de sa peau déchirée de plaies, pendu à son maillot de maître nageur.

Je me mets à courir. Comme un poulet au cou coupé qui cavale le dernier élan de sa vie…

Juin 43

Croisé Morisot place Raspail. Elle allait entrer à L'Étoile, et moi je quittais mon gourbi après être passé vérifier la boîte aux lettres. Et chasser la chemise, le linge propre… Il m'en traîne partout, et j'en manque sans cesse au fil de mes hébergements provisoires. Trivialité des soucis d'un délégué général ! Morisot, elle, un rien l'habille. Petite jupe droite de toile écrue, corsage blanc à revers, elle laisse flotter son sacré regard pointu, comme au-delà des contingences, une femme bouffée de passion, sourit à contretemps, même avec toutes les apparences de la vie… Est-ce que son histoire d'amour tourne au vinaigre ? Son étudiant ne croise plus dans les parages… Décidément je l'ai déjà vue, et de près, avec ces plis de souffrance aux joues… Ça me reviendra… Je devais lui ressembler au sortir de mes cachots de Chartres. À une époque perdue dans la doublure du temps. Juin 40…

— Quelle élégance, demoiselle Morisot !

— Des vêtements de ma mère… M'habiller avec les bons de textile, je n'ai pas les moyens, alors je vis dans les dépouilles d'une morte…

Cette douleur à ses paupières, elle que j'ai tout de suite tutoyée, là je ne peux pas, elle est parfumée au chagrin. Presque, il faut que je me reprenne, ma voix me lâche, peu s'en faut, toujours ma sensiblerie, et la larme viendrait.

— Ah, oui, je ne voulais pas, pardonnez-moi... Mais vous avez une petite mine ! Trop de travail ? Vos tickets de ravitaillement vous permettent de manger correctement, au moins ?

— Je me débrouille, merci... Les examens ont commencé, ce qui me laisse peu de repos...

— Ne vous épuisez quand même pas... Je n'entends plus votre pas dans l'escalier... Il est vrai que je m'absente aussi beaucoup... Vous avez déménagé ?

— Non... Non... Je vais chez une amie malade revoir avec elle les cours sur les dénonciations sous l'Empire.

Et elle donne le change, fait l'effort de la politesse, de sacrifier à nos rituels de disputations historiques :

— ... Tous ces sycophantes encouragés par Néron... Je te cafte un complot, vrai ou faux, peu importe, et je récupère une partie de la fortune du traître exécuté. Sénèque, son frère qui avait la ferme des impôts de Bretagne, Pétrone... Hop là, confisqués ! Le mouchardage comme valeur et moyen de renflouer les caisses impériales... Une gangrène qui a bouffé la société politique romaine...

— Peut-être, voyez-vous, que les civilisations finissent par s'exténuer et qu'elles secrètent des maux terribles qui les conduisent à l'agonie. Parfois elles en meurent, comme votre Empire romain. Mais, si elles en réchappent, alors il se peut qu'elles soient plus fortes, mithridatisées...

— Mais contaminées… Suffit de changer de poison et elles ne résistent pas. Qu'est-ce qui se passera une fois la France libérée, en admettant qu'elle le soit ? Le bonheur pour tous ? Je ne sais pas quoi penser de ceux qui couperont des lauriers qu'ils n'ont pas plantés…

Bien sûr, Morisot, je ne peux pas m'épancher la mauvaise bile, te confier mes rancœurs… Mais que penser de Bernard et Gilles, de leurs accusations de dictature sur les mouvements et de malversations… Aller dire, de vive voix, à de Gaulle que je verse à la Résistance moins de la moitié des trente millions reçus de Londres, sous-entendre que je m'enrichis personnellement, pourquoi pas que je finance ma galerie sur les fonds alliés, dire cela est indigne, indigne aussi du commissaire à l'Intérieur, André Philip, de me rapporter leur réquisitoire afin que je présente ma défense ! C'est fait depuis ce matin. Les comptes précis, tenus par Alain et joints à mon courrier, me feront justice… Quant à ma dictature, je ne dirige que le COPA et le WT[1] et ne dispose pas d'un état-major tel qu'il me permette d'en diriger plus. Les mouvements donnent des instructions aux régions sans m'en référer, à moi qui préside le comité directeur, le Conseil de la Résistance… Pour preuve : leurs représentants ont pris des contacts avec Giraud, et souvenons-nous de l'affaire suisse… Qu'ils utilisent donc leur indépendance pour résister aux sirènes de la sécession giraudiste ! Quant à Vidal, mettre en cause ses compétences, alors qu'il laisse toute latitude aux militants de mener des activités qui leur permettent d'attendre le jour J, constitue une basse manœuvre… Rappeler que, simplement,

1. Wireless Transmission.

séparer les activités au niveau des cadres de l'AS est primordial si l'on veut empêcher des arrestations parmi eux comme cela s'est produit ces derniers mois pour les mouvements unis… Oh, je radote ! Vraiment, je n'ai plus foi que dans le Conseil de la Résistance. Si quelques-uns de ses membres ne ruinent pas ce qu'ils ont bâti depuis une poignée de jours…

Et je suis à me perdre dans mes obsessions et ma petite Morisot attend une réponse. Elle doit aussi garder la flamme, question de survie…

— Ceux qui ont planté ces lauriers les partageront volontiers. Ce sera le temps du pardon et de l'unité nationale. J'espère… Moi, tant qu'on me laisse m'occuper de peinture… Célébrer les talents sans complaisance… Othon Friesz, voyez-vous, je l'aime de ce qu'il a osé regarder les horreur de la Grande Guerre en toute lucidité et qu'il a pris ainsi le mal pour lui. Je suis sûr que là-bas, dans les immondes boucheries des camps, des visionnaires dessinent, fascinés et sauvés par la beauté de l'enfer…

— Vous aussi, vous avez du talent… Vous devriez être reconnu comme dessinateur…

— Le jour où quelqu'un me reconnaîtra, ce sera la fin… Je veux dire : certains artistes géniaux, des peintres, une fois consacrés maîtres de leur art, ou écoutant les flatteurs qui les prétendent tels, cessent de créer. Ils reproduisent… Je pense à James Ensor, par exemple… À partir de là, ils sont morts. J'aime mieux demeurer anonyme et en vie. Artistiquement parlant, il va sans dire…

Monsieur Martel a touché son feutre, galamment, pas le temps de m'inviter à prendre un café, et il a traversé vers les quais du Rhône. Moi j'entre à L'Étoile. Et ne comprends pas tout de suite pourquoi monsieur Antonin me fait les gros yeux derrière son comptoir. Dans le coin du bistrot vers la place, sont attablés une femme et un homme en compagnie de Danièle, la secrétaire aux mille légendes scandaleuses. De face, je ne vois que Danièle écouter, hocher la tête. La femme porte un tailleur d'été gris, le col de son chemisier rouge rabattu par-dessus celui de sa veste. L'homme, je n'en vois rien que d'ordinaire et anonyme, complet sombre et chapeau mou, un consommateur sans couleur. Danièle est décolletée on ne peut pas plus, maquillée de gala et sérieuse comme jamais. Le type a posé la main sur la sienne. Allons bon, je rencontre enfin un de ses fameux amants mystérieux qu'elle n'amène jamais ici… Une seconde j'hésite à les saluer au passage, par bête curiosité, qu'ils se tournent… Monsieur Antonin ne me laisse pas le temps de m'interroger, il pose d'autorité un verre d'eau sur le zinc et j'en déduis ses deux mots à me dire, tout bas, faussement concentré à rincer des chopes :

— Il est bien fier, monsieur Martel… Les beaux jours sont revenus, il ne vient plus se chauffer chez moi… Je t'ai vue lui parler…

— Il s'occupe de vendre des tableaux. Il doit passer peu de temps à Lyon.

— Grand bien lui fasse… Ceci dit, méfie-toi de ces trois, Agathe… Danièle a vraiment basculé vert-de-gris, quasi sûr… La femme, connais pas son nom, mais son copain, là, c'est Lunel… Arrêté en avril à Marseille, on est sûr qu'il a fait tomber beaucoup d'agents après avoir été retourné comme un gant. Fred était là quand ils sont arrivés. Il l'a reconnu parce qu'il l'a transporté en bagnole, autrefois, dans le Sud… En gros, c'était le bras droit du bras droit du chef du mouvement Combat, il s'occupait des courriers… Très proche du réseau Fer et d'un certain Didot, d'après Fred… Sauf que maintenant il travaille ici, au grand jour, avec l'Abwehr, un nommé Moog et la Section IV du SD, Klaus Barbie… Il est capable de mettre un nom et une fonction en Résistance sur un visage croisé dans la rue…

Coudes au comptoir, dos à la salle, je sirote mon verre d'eau, bien penchée vers monsieur Antonin, qu'on ne nous entende pas, et malgré la chaleur la chair de poule me vient d'un coup, Moog, il a arrêté Marcel et Maurice qui m'avaient parlé de Didot, la souricière chez Desmedt c'est donc lui :

— Et il a reconnu Fred ?

— Je ne crois pas… Fred m'a averti et puis il est sorti en jouant les enrhumés, la figure à moitié cachée par son grand mouchoir.

Là-bas, on rit. J'entends Lunel faire une façon de reproche amical : « Edmée ! »

— Qui est l'autre femme ? Sa maîtresse ?

— Celle de Moog, je crois, mais son nom, connais pas… En tout cas, Lunel est aux petits soins avec Danièle… que j'ai vue hier descendre là, au bord de la place, d'une voiture conduite par un chauffeur fritz… Désormais, plus possible de douter de ses choix. Tout ça sent le soufre et vaut mieux rester à l'écart, pas être identifiable… Moi, je fais partie du décor, c'est ma couverture, et puis je fais des affaires avec Théo qui fournit en alcools l'hôtel Terminus et la Gestapo, je passe pour un démerdard, mais toi… Déjà que Danièle te connaît… qu'elle a bien dû constater l'absence de ton amoureux… Rien qu'à voir ta tête… Si elle apprend qu'il a été arrêté… Elle peut déduire…

Pas la peine de me rappeler Maurice, je sais que survivre, continuer la clandestinité aussi longtemps que possible, est ma dernière façon de l'aimer, et maman, et d'être digne de papa dont je n'ai toujours aucune nouvelle. Alors je ne fuirai pas, dès que je peux, dès que Fred me donne d'autres contacts, je sors du sommeil… Bien sûr les mailles du filet sont de plus en plus serrées, les rencontres de plus en plus risquées, il faut être cinglée pour ne pas disparaître dans un trou de souris. À moins que les folies ne soient peut-être l'ultime sagesse…

— Si elle demande, dis qu'on a rompu et que je suis triste. Et cette femme, il faut donc supposer qu'elle est dangereuse autant que les deux autres ?

— Exact. Au moment où je leur apportais leur conso, Lunel parlait d'un exploit fumant, qu'elle aurait réussi à Mâcon. Comme ils sont là, de dos, d'abord il m'avait pas vu arriver, mais après il s'est vite tu, évidemment… Il faudrait que tu changes d'air. Si tu veux, Fred s'en occupe…

— Pas avant la fin des examens. Et puis Fred a intérêt à se faire tout petit aussi. On avisera début juillet…

Monsieur Antonin finit d'essuyer son dernier verre, jette le torchon sur son épaule :

— Tu restes là-haut autant que tu veux… Mais fais-toi rare ici, dans le café… Discrète, au moins… Maintenant, sors par la porte du cours Gambetta, sans te retourner. Traîne un peu sur le quai, attends qu'ils soient partis pour monter à ta chambre. Oui, je sais, l'entrée est séparée, ça empêche pas la prudence…

Vidal, le général Delestraint, est aux mains de la Gestapo. Le pire est donc survenu ! Alain, accouru de Paris, me l'apprend à l'instant. L'Armée secrète n'a plus de chef. Pris le 9 juin à Paris, au métro La Muette, avec son adjoint Gastaldo et Théobald, agent de liaison… Et je l'apprends avec une petite semaine de retard. Qu'est-ce qui s'est passé depuis ? Quels sont les dégâts ? Les documents saisis ? Ne prenons pas la Milice et la Gestapo pour des amateurs, ils sont capables de laisser du mou à la ligne pour ferrer de gros poissons. La preuve, ce coup de filet se prépare depuis mars, les premiers documents saisis sur le plan de sabotage du réseau ferré, j'en suis persuadé, et les arrestations de Manhès, d'Aubrac, Morin-Forestier, Christine Denoyer, aggravées par celle de Bertie Albrecht, piégée à Mâcon par une femme agent retourné, et la saisie des papiers de son patron Charvet à Cluny… Le SD en sait maintenant autant que nous. Sauf peut-être à nous identifier dans la rue…

Dire que pendant qu'Alain m'attendait place Raspail avec cette dernière nouvelle de catastrophe j'étais au vert incognito chez la secrétaire de Tony, à quelques kilomètres de Lyon, à Trévoux. Presque j'aurais honte maintenant qu'elle se soit montrée aussi charmante, cette demoiselle Hélène… J'ai passé le week-end à paresser dans le jardin, dessiner à nouveau comme je n'espérais plus, et je retrouve ici et là ma patte… Bien sûr elles sont loin mes illustrations des années trente pour Tristan Corbière et ses *Amours jaunes*, mes caricatures de presse… Le sous-préfet « Romanin », peut-être pour prolonger les enfances provençales ! Je faisais surtout le faux anonyme avec ce pseudo et j'étais un m'as-tu-vu à vomir. Je ne regrette rien, c'était pas si mal foutu… Morisot m'aurait fait compliment. Tiens, je lui montrerai peut-être mes derniers petits trucs… D'après Hélène j'ai encore un bon coup de crayon. Cette pauvre Hélène, qui s'excusait de ne pouvoir s'occuper de moi, prise par son travail de dactylographie… Oh, sa tête quand elle m'a dit que c'étaient des messages secrets pour Max, le chef de la Résistance, et que je lui ai pris les feuillets des mains… C'est donc pour moi, merci ! Oui, bon, encore mes forfanteries, je ne me guérirai pas. À Trévoux, j'aurais préféré Saint-Andiol, Laure et maman… ou Nice, rejoindre la tendresse de Colette… Penser à demander à Antoinette, ma bacchante, de veiller sur elle au cas où on remonterait à Jean Moulin, galeriste. Encore qu'avec l'enquête qui se resserre sur elle, aider Colette ferait pire que mieux, équivaudrait à une dénonciation. De toute façon je ne pouvais pas y aller, affronter les contrôles des trains en tant que Martel, redevenir à Nice l'ancien préfet reconverti. Je pressens tout voyage comme un danger, surtout maintenant que je pourrais très certainement être identifié comme Moulin-Max. La prudence n'est pas la règle en Résistance, l'imprudence me paraît même souvent la condition de l'action. L'efficacité, c'est une autre paire de manches… Les folies continuent de me tenter, et je sais que j'ai tort… En revanche, j'avais raison, douloureusement, de demander à Londres des cadres pour l'AS qui puissent prendre le relais en cas d'arrestations. Il est désormais trop tard… Mais je n'ai pas le droit de le dire.

On est quoi, mardi 15 juin ? Un guéridon à L'Étoile, salle déserte, tout le monde doit musarder au soleil, un foutu café national devant nous, ciel serein et belle chaleur, avec Alain j'évoque la fin du monde sous des sourires de façade. Y compris à Morisot raccagnardée là-bas au fin fond, dans ses bouquins, mine de ne pas me voir et de ne pas vouloir être vue… Toujours petite mine d'ailleurs, tête de chagrin d'amour, ma main au feu, pas de mal nourrie ou d'angoissée par les examens… Alain est à son habitude, sec et rigoureux, même pour les pires nouvelles :

— Rendez-vous était pris avec Didot…

René Hardy, justement le responsable du plan Vert de sabotage du réseau Fer…

— … Au lieu de Didot, un agent de la Gestapo, un certain Moog, ce ne peut être que lui, vous comprendrez, attendait Vidal au rendez-vous fixé par Didot. Le lieu était changé, Moog a prétendu devoir y emmener Vidal… qui ne s'est pas méfié. Il est monté en voiture, a même indiqué son contact suivant : Gastaldo et Théobald au métro rue de la Pompe… La Gestapo n'avait plus qu'à les cueillir. Un tableau de chasse inespéré… À deux pas de mon bureau. Je l'ai échappé belle…

— Quelqu'un a trahi ?

— Probablement… En l'absence de Charvet, Didot a seulement raconté son affaire à Bénouville-Lahire.

— Alors, prenons ce récit avec des pincettes.

— … Mais on n'a rien de sûr et c'est pire parce que l'agent retourné doit encore être parmi nous… La prochaine cible, c'est vous, Max.

— Et Didot ?

— De retour à Lyon, de nouveau opérationnel dans l'AS… File surtout, depuis le 12, le parfait amour avec sa collaboratrice Béatrice, Lydie Bastien… Il prétend avoir pris le train pour la rejoindre à Paris, n'avoir pas eu le courrier de Thomas lui fixant rendez-vous avec Vidal, avoir été arrêté le 7 à Châlon-sur-Saône dans le train pour Paris et s'être évadé, avoir pris un train pour Nîmes, et la suite… Ça fait beaucoup… Mais personne ne l'a vu pendant deux jours, puis il a réapparu avec cette version des faits. Selon lui tout vient de Lunel, Multon en réalité, un membre de son réseau Fer, arrêté à Marseille, retourné, et qui travaille depuis fin mai à Lyon pour le chef de la Section IV du SD, Barbie… Il l'aurait reconnu sur le quai de Perrache et dénoncé. Moog était avec lui. Ce sont les mêmes contre-agents, dont une femme, Edmée Delettraz, qui ont pris Bertie Albrecht, Berty, à Mâcon, le 28 mai, et saisi tous les papiers de Charvet… Et…

— Berty, penser à s'occuper de sa famille maintenant qu'elle s'est suicidée à Fresnes… Et ?

— Et le rendez-vous Didot-Vidal à Paris était connu depuis dix jours, sauf de Didot… Aubry-Thomas savait que sa secrétaire en avait déposé la convocation en clair dans une boîte grillée… Il n'a pas prévenu. Petit détail : Thomas a bien connu Lunel à Marseille ; il suffit qu'ils se croisent et Thomas tombe…

— Thomas, ce fier-à-bras, ce matamore de fin de banquet ! Il est inconséquent… D'où la présence de Lunel dans le train… Mais, donc, on n'est pas sûrs que Didot ait parlé…

— Ce trou dans son emploi du temps existe.

— Il aurait été retourné sous la torture, il aurait menti ?

— Sans traces visibles, alors… Il a toujours ses allures de gandin blond, un angelot assez déboussolé ces jours-ci, admettons-le. Je crains plutôt…

— Qu'on ait fait pression côté cœur ? Menacé de représailles sur la belle Béatrice ? Pas impossible. Les liens du cœur sont une faiblesse en clandestinité. On a tous une Cléopâtre… Quoi qu'il en soit, Didot n'est plus sûr. Se méfier de tout rendez-vous avec lui, ne rien lui confier d'essentiel… Écartons-le en douceur. Pour l'heure, il faut reconstruire l'Armée secrète, dont la cohésion reposait sur la personnalité de Vidal. Tous les états-majors régionaux et départementaux aussi, qu'il avait mis en place, les avertir de prendre leurs précautions. Soyons cyniques, lucides : Vidal peut les livrer. Et puis on ne peut pas les laisser sans direction générale. Bon… Vous rentrez à Paris. Je vous rejoindrai sous peu dès que j'aurai pu réorganiser la direction de l'AS. Lyon est désormais un piège.

— Et Londres ? Il faut l'aval du Général…

— Je leur écris moi-même par l'enlèvement du courrier de ce soir. Et je vous tiens au fait.

Mon Alain s'en va, de son pas de choucas apprivoisé, te fais pas prendre à la glu des chasseurs, vieux, et mes yeux ne sont pas loin de déborder… Foutue sensibilité, mais quoi, Manhès, avec qui j'ai juré, en juin 40, de résister, Vidal, pris tous les deux, et je mesure encore mal les répercussions, Berty morte, cette fronde insupportable dans les mouvements, des types comme Didot ou même Thomas qui sont des grenades dégoupillées entre nos mains… Fini les ronds de jambe, le temps est venu de parler net au plus haut degré de la France combattante, plus aux courtisans… Parce que, mon Général, notre guerre à nous aussi est rude… Mon devoir est de vous annoncer l'arrestation du cher Vidal… Les causes de cette catastrophe résident d'abord dans la campagne menée contre lui et moi par Charvet, qui a attiré l'attention sur nous en portant ses griefs sur la place publique. Ses papiers, je vous en ai informé début mai, arrivent régulièrement depuis longtemps dans les mains de la Gestapo, y compris les comptes rendus du comité directeur des MUR, des rapports vitaux, des noms, des adresses, ont été saisis lors de l'arrestation de sa secrétaire Berty, sa Cléopâtre à lui… La chute de nombreux dirigeants en est la preuve. Outre cela, le BCRA n'est pas exempt de reproches : j'ai réclamé voici trois mois trois officiers susceptibles de renforcer l'état-major de Vidal. Pas de réponse. Autre câble il y a trois semaines, où je disais Vidal trop seul, trop exposé, où j'attirais votre attention sur le tragique de la situation, sur la responsabilité prise par la France combattante qui nous néglige… Envoyez-nous d'urgence ce que nous demandons, un remplaçant à Vidal, trois officiers, à la lune qui vient ces jours prochains. Pour éviter la panique, j'essaie de tenir secrète l'arrestation de Vidal, ne la divulguez pas aux chefs de mouvements. Tout peut encore être réparé… À condition que je ne sois pas pris, comme cette fois où j'ai encore pu m'en sortir pour l'instant. Mes deux secrétariats, zone sud, zone nord, sont désormais organisés, et j'ai trouvé mes deux suppléants pour chacun…

Tout cela pue le SOS, voire le testament, mais voilà, en substance, ce que j'ai le devoir d'écrire. Si seulement j'avais de quoi noter pendant que les formules me viennent…

Il s'est décidé à me sourire vraiment, pas les rictus à la sauvette que j'ai ignorés jusqu'ici. Rendons-lui la politesse… Tant que son ami était assis en face de lui j'existais autant qu'une toile peinte… Ensuite il est resté perché au bord de ses pensées, à mettre sa cuiller en équilibre sur sa tasse vide… Et maintenant il ramasse son chapeau, retrouve son allure de danseur argentin pour traverser la salle.

— Bonjour, monsieur Martel.

— Bonjour, mademoiselle Morisot. Révisions ?

— De dernière minute… Mes examens ont déjà commencé. Les campagnes militaires extérieures comme instrument de pouvoir intérieur… Marius, Sylla, Pompée, César… Les triumvirats qui tournent mal… L'armée comme levier politique…

— Sujet brûlant… actuel, presque.

— De Gaulle, Giraud et le poids des Alliés ? Lequel est Pompée, lequel César ?

— Ah, je n'y songeais pas… La légitimité vient-elle des armes ou des idéaux ? Qu'est-ce qui fait un césar, la démocratie ou la force ? Bon courage…

Il piétine un instant, fait sa petite grimace de gamin à qui on ne résiste pas :

— Dis, Morisot, il m'est venu quelques idées pour une exposition de peinture, j'aimerais Marie Laurencin, j'ai peur qu'elles ne s'envolent si je ne prends pas quelques notes… J'ai un stylo, me manque juste le papier. Serais-tu assez aimable…

— Bien entendu. Tenez. Installez-vous.

Il attrape les deux feuilles que je lui tends, s'assied au guéridon voisin, face à moi. Déjà, il a repris son masque dur comme un gisant, passe une main dans ses cheveux, j'ai l'impression qu'il a bien blanchi ces derniers temps, et décapuchonne son stylo plume… 15 juin 43, en haut de la première page… Une lettre, pas des notes…

Moi, chaque matin j'écris à Maurice, dans ma tête. Pas besoin de papier, il n'y a pas de poste dans l'au-delà… Et chaque soir je déchire mon message intérieur, comme si la Gestapo pouvait me le saisir.

Puisque les beaux jours sont là, mieux vaut utiliser pour mes urgences des espaces dégagés. Ici, au parc de la Tête-d'Or, on voit venir de loin ennemi ou ami… Samedi après-midi de soleil, dans l'anonymat, j'espère, de la foule désœuvrée… Entre roseraie, pourquoi diable ces parterres me font penser à une immense tombe fleurie, et ce plan d'eau comme un marais du Tartare, me voici à l'endroit fixé. Premier contact en ville, à la sauvette, grâce à Tony de Graaff, hier ou avant-hier, avec Claude Serreulles-Sophie qui arrive de Londres où je l'ai vu en février. Il sera mon double en zone sud, en liaison avec de Graaff-Grammont qui l'a réceptionné. Maintenant je l'attends.

— Bonjour.

Il m'a fait sursauter en surgissant dans mon dos, une main posée légèrement sur mon épaule comme un papillon. À me ficher une suée :

— Dieu, Sophie, il va vous falloir vous conformer aux prudences d'ici… Vous n'êtes point à un rendez-vous galant où vous surprenez la belle ! Mais marchons voulez-vous…

Il a pâli, bredouillé pardon, et bon, oublions, ce jeune homme est avenant, plein de courage, toujours d'humeur égale si je me souviens, et il a l'air secoué par mon allure. Je crains d'avoir grisonné encore depuis mars, ma voix fatigue et je ne suis pas rasé. Ce soir je retourne place Raspail faire toilette, juré… Je me remets en marche, lentement, les yeux alentour, demi-sourire benêt, en parfait citoyen moyen, et il me suit, mains dans les poches. Il comprend vite, l'air de tenir avec moi une conversation sur les femmes ou le football.

— Quelles nouvelles ?

— J'ai tout remis à Grammont. Les messages et quarante millions de francs, deux cent mille dollars et du courrier pour Thomas. Je dois vous dire : les versements ultérieurs ne sont plus garantis…

— Je m'y attendais. Les Alliés nous lâchent ou en font planer la menace pour faire pression sur de Gaulle. Et merci pour vos « colis »… J'ai déjà travaillé avec Grammont à décoder les câbles. L'argent est en voie de parvenir aux destinataires ou d'être changé… Cinquante millions d'urgence pour les maquis et les réfractaires au STO. Pourvu seulement qu'ils n'en profitent pas pour entamer des actions armées. Le débarquement de Provence en juillet n'est pas si certain… L'attente est la seule solution raisonnable… Autre point, pour mémoire, Grammont remplace Alain à mon secrétariat. Vous ne me contactez qu'à une seule adresse : 3 rue des Marronniers, mais le mieux est de joindre Grammont 6 place des Capucines. Autre chose ?

Même à prendre l'ombre d'allées écartées, moins fréquentées, on continue à chuchoter, Sophie au diapason de ma voix râpée.

— Depuis ma démission du poste d'aide de camp de de Gaulle, je suis un peu étranger aux secrets des dieux… L'explication de la crise s'étale dans les journaux anglais : Churchill est remonté comme jamais contre de Gaulle… Il joue évidemment la carte Roosevelt qui joue la carte Giraud…

— Donc celle de l'administration pétainiste, la soi-disant Résistance vichyste…

— Si pratique à manier au moment de la libération… Churchill a fait un discours aux Communes le 8… Arrêt des subsides à la France libre et versement de fonds uniquement au CFLN d'Alger dominé par Giraud, même si de Gaulle en fait encore partie après avoir donné sa démission. Mais on est dans une impasse…

— Donc la Résistance recevra désormais de l'argent du SOE anglais, de l'OSS américain ou du CFLN… Si elle en reçoit… De Gaulle n'a en fait plus le contrôle exclusif de la Résistance. Et le soulèvement du jour J se fera sous la direction des Alliés…

— Rien à ajouter à votre analyse… Sinon que personne ne pourra refuser à Giraud le commandement de l'AS.

— Quel symbole, quel chef qui ne soit pas suspect de collaboration, compromis avec Vichy, proposer désormais à nos troupes ? Ce que la création du Conseil de la Résistance a permis d'unité nationale, la légitimité offerte au général de Gaulle pour son arrivée à Alger, tout serait donc compromis ? Les mouvements unis n'accepteront jamais, surtout pas la base…

— Alors je crains que nous soyons bien vite comme des scaphandriers à qui on oublie d'envoyer de l'air…

— Alors vous devrez apprendre à ne plus respirer pendant quelque temps.

— J'essaierai. Et vous ?

— Moi ? Je n'ai même jamais eu de scaphandre…

Sophie sourit de mon mot, parce qu'on ne peut pas se répandre en larmes au gazon et abandonner tout espoir… Pas la peine de lui parler de la réunion de lundi. Inutile de le mouiller trop tôt. Pas la peine non plus qu'il assiste au déballage de linge sale : je sais bien que, pendant que son patron tâche de me débiner à Londres, Bénouville-Lahire a déjà nommé un remplaçant à Vidal… Et cela ne peut être, qu'un lieutenant de Frenay prenne sans mon accord de telles initiatives intéressant l'ensemble des mouvements et le Conseil de la Résistance… Il va falloir taper du poing et que le bruit en résonne jusqu'à Londres et Alger.

— Vous vous occuperez de toutes les questions militaires. C'est par là que nous sortirons de cette crise, en représentant une force disponible, organisée et unifiée en vue du débarquement…

Nom de Dieu d'assoiffés de pouvoir de tout poil, j'ai des envies de vous mordre ! Après tout, il faut mettre Sophie dans le bain très vite, qui sait ce qui peut m'arriver, je vais lui présenter les responsables de l'AS et des mouvements unis, on gagnera du temps :

— Lundi, j'organise une réunion pour remettre sur pied l'état-major de l'Armée secrète. Si vous voulez bien, dînons ensemble demain dimanche, je vous en dirai plus. Trouvons-nous à dix-neuf heures sous la statue équestre de la place Bellecour.

À force de me voir arpenter les allées de ce parc, on va finir par m'appeler Tête-d'Or, et oublier Max… La légende dit qu'est enfoui ici un trésor de pièces, ainsi que la tête en or d'un christ… Mais je ne me sens pas du tout l'âme d'un jésus doré, trop repérable : un dimanche après déjeuner suivant un demi-samedi entier passé ici avec Sophie, je vais finir par attirer l'attention… Tous ces promeneurs ne sont pas innocents, bon nombre sont des gestapistes, des agents en civil et désormais je suis certain d'être identifiable, par Lunel, par Moog, par d'autres. Celui-là, tiens, qui ne regarde même pas la beauté à son bras, ne me dit rien qui vaille. Une femme pareille, on ne la quitte pas des yeux… Tiens, à preuve : René Hardy-Didot, dès que Lydie Bastien-Béatrice est présente, la terre s'arrête de tourner pour lui… Pas rassurant chez un responsable résistant mais bien explicable par les séductions de la dame, bigre oui… Et tous ces hommes seuls, journal au poing, nez au vent, combien sont des amoureux de la nature ? Lyon est de plus en plus un village tragique, une Utopia infernale, isolée, où il semble qu'on soit chasseur ou gibier, l'un ou l'autre… Barbie, le chef de la Section IV du SD, pourrait traînasser par là, je ne connais pas son visage… Le mal n'a pas de figure, ou très humaine, ni de nationalité, hors celle de l'ambition, de la cupidité, de la perversion. Ce qui n'est inscrit sur les traits de quiconque. Après tout, Quasimodo était un saint à gueule de gargouille… Si l'un de ces promeneurs à double face fait le rapport entre ma photo récupérée chez Manhès et ce badaud qui s'émerveille devant les milliers de roses, flâne au bord de la pièce d'eau, je suis foutu… Le jour de mes quarante-quatre ans, j'offrirais un fameux gâteau aux fridolins ! Et tant pis si cela advient, mais pas aujourd'hui, plus tard, que j'aie le loisir d'organiser ma succession… En même temps, je m'aperçois être moins préoccupé de ce risque, même rendu imminent depuis les arrestations de Manhès, d'Albrecht, de Vidal, que des grippages de la machine Résistance, des antagonismes de personnes, des relations hypocrites avec Londres, des querelles d'intendance… Je me sens comme un petit épicier menacé de saisie, ruiné, qui oublie sa faillite et souffre d'abord des infidélités de sa femme… Aubrac n'a pas ce souci… Son épouse Catherine est l'Alceste de cette vieille tragédie grecque, une femme qui va rechercher son monsieur aux enfers… Ou bien elle prend sa place ? Sais plus, faudrait demander à Morisot… Depuis quand ne t'ai-je pas vue, petite ? Je ne m'explique pas cette transparence familière entre nous, cette impression de t'avoir toujours en filigrane de ma mémoire, à me demander de quand date cette intimité lointaine et sa raison… En tout cas, Catherine, Lucie en réalité je crois, a bel et bien monté une comédie pour tirer son mari de prison. Aller menacer à visage découvert un juge, parier sur un message de Londres pour lui foutre la trouille, fallait de l'aplomb… et de l'amour… Tony de Graaff a raison… Tiens, les voilà, là-bas, Aubrac le cheveu toujours en tourmente, le petit à gambader devant, et elle, Dieu qu'elle est grande, le magnifique écureuil roux d'une fable… Et cette jupe audacieuse à larges dessins, ce caraco sans manches, décolleté profond sur une poitrine de Vénus… Ma parole, elle s'est mise en frais de séduction… Non, c'est une femme de courage… Y compris celui d'être tentante…

Et voilà, on s'est repérés, j'ouvre les bras, mon vieux, vous ici, et lui pareil, il arrive main tendue pendant qu'elle prend le gamin dans ses bras et sourit… C'est elle que je vais saluer d'abord :

— Madame.

Aubrac m'effleure le coude et, bas à l'oreille de sa femme :

— Je te présente Max.

Et tout haut, bien claironné :

— Eh bien dites donc, pour un hasard !

Et les considérations attendues sur le soleil brûlant, le petit, Jean-Pierre surnommé Boubou, qui grandit, ils allaient voir Guignol, est-ce que je les accompagne ? Volontiers.

Est-il judicieux de l'interroger à propos de son arrestation, de sa remise en liberté rocambolesque ? Le bruit court maintenant qu'il aurait été retourné… Ce serait maladroit et inutile. Je n'ai plus le choix : nos effectifs sont décimés, Londres nous laisse sans agents capables de diriger une insurrection au jour J… Reste à puiser dans le maigre vivier de la métropole, avec la confiance pour seule arme.

Encore quelques pas ensemble, Boubou galope, ramasse des cailloux qu'il nous tend :

— Merci jeune homme. Je crois savoir, madame, que vous êtes professeur d'histoire ? Mon père a aussi enseigné l'histoire un moment. Et je devise souvent avec une jeune étudiante, également en histoire… Ma sœur Laure a choisi l'anglais. Le monde est petit n'est-ce pas ? Ou bien notre petite histoire avec les Anglais est-elle tout un monde ?

Ils rient gentiment, complices, et Catherine s'arrête un instant pour essuyer les mains de Boubou, salies de gravier. C'est le moment d'allonger un peu le pas :

— Vous savez qu'il faut remplacer l'état-major de l'Armée secrète… Alors, Aubrac, je vous le dis sans détour : je pense établir deux entités en liaison étroite. André Lassagne serait l'inspecteur général de la zone sud… Il est professeur d'italien au lycée Ampère et peut donc demeurer à Lyon. Vous assumeriez la même fonction en zone nord, à Paris… C'est une solution transitoire : seul de Gaulle peut nommer un successeur à Vidal.

— Paris ? Vous savez bien que ma femme est aussi en poste ici… Vous venez justement de lui parler de son métier…

— Parce que je mesure le sacrifice qu'elle devra faire. Mais ce n'est pas à elle que je propose la mission. Écoutez, on ne peut pas laisser tomber les contacts, les structures déjà mises en place par le général Vidal en zone nord. Vous seul êtes à même de poursuivre. Personne ne vous connaît à Paris, vous avez l'expérience des régions, le sens du maniement des hommes. Et puis à Lyon vous êtes grillé depuis votre arrestation. La Gestapo vous tient en ligne de mire… Tout comme moi… Ce qui m'oblige à émigrer aussi à Paris… Je vous présenterai Sophie, mon remplaçant pour la zone sud.

Il a posé son regard sur le mien, tâche de voir si je le mets à l'épreuve. Non pas. J'espère que mes yeux disent ma décision ferme au-delà de mes doutes.

— Il faudrait coordonner les actions des maquis, celles des groupes urbains, enfin, les groupes francs, Action ouvrière ?

— Exact. Quelle que soit votre décision, nous entérinerons nos dispositions demain en réunion avec les responsables des mouvements, avant celle de mardi, le comité directeur des mouvements… Soyez à quatorze heures place Carnot. Je vous conduirai.

— Entendu… Mais je connais le lieu. Lassagne, Aubry-Thomas et moi en avons décidé hier soir.

— Parfait. Qui encore est au courant ?

— Personne, à mon avis.

— À votre avis… Même pas Didot ou Lahire ?

— Je ne peux pas savoir si Lassagne et Thomas ont eu des contacts depuis…

Voilà bien de ces décisions que je crois prendre alors que je ne fais que me conformer à ce qui a déjà été ourdi… J'exploserais presque tant ce genre de détail est gros d'imprudence…

Mais je me tais, parce qu'on arrive devant le castelet de Guignol et que Boubou se précipite devant les marionnettes. Catherine s'assied, le prend sur ses genoux. Aubrac et moi restons debout dans son dos. C'est commencé et Guignol est devant un juge qui l'accuse d'avoir rossé un gendarme avec le bâton qu'il tient. Guignol proteste : son bâton est une clarinette à faire danser les ours, surtout les ours berlinois… Bien sûr, si on n'est pas un ours, on ne danse pas… Et la femme du gendarme disait que son mari était un ours… J'ai voulu lui prouver le contraire et j'ai joué de ma clarinette sur le dos de son mari… Il n'a pas dansé… Le juge est étonné, sa femme dit partout qu'il est un ours… Alors Guignol bastonne le juge, lui fait constater qu'il n'a pas dansé, donc il n'est pas un ours et sa femme a tort ! Dans l'assistance, des boches en uniforme rient et applaudissent quand le juge, ravi de n'être pas un ours, remet Guignol en liberté. Boubou n'a pas tout compris mais il est aux anges. Catherine s'est tournée sur sa chaise, lève les yeux vers moi. Bien sûr qu'on pense à la même chose, que l'administration de Vichy avec son procureur Ducasse n'est pas un théâtre de marionnettes où l'on gruge facilement la justice…

— S'il vous plaît, je vous invite à dîner demain soir chez la mère Brazier. Vous ne pouvez pas refuser… J'ai posé une question importante à votre mari, réfléchissez ensemble tout à l'heure, ce repas sera l'occasion de me donner la réponse. Disons dix-huit heures trente place Tolozan ?

Je soulève le petit Boubou et il me claque un bisou sur la joue.

— À bientôt, Boubou.

— Vous avez des enfants ?

Non. Je fais non de la tête. On est dimanche 20 juin 43, quarante-quatre ans, l'été est là et j'ai ma bête envie de pleurer dans la gorge. Ou bien ma vieille blessure fait des siennes ? Le temps m'étrangle. Chaque rencontre qui grignote mes journées est nécessaire et désespérante. J'ai l'impression de ne plus avancer, d'amuser le tapis malgré moi avant l'inéluctable, de me disperser. Aurai-je assez de mois, de jours ?

Lundi 21 juin aux aurores. Il pleut : mauvais augure, bon augure ? Qu'en diraient les Romains ? Cette nuit, j'ai dormi chez moi, au 2, par superstition, bravade, allez savoir… À cru sur le matelas sans draps ni rien, juste l'écho des mots embaumés de Maurice… Si tout se passe bien à l'examen de ce matin, je serai en position de passer l'agrégation d'histoire… J'ai voulu que tu sois avec moi, Maurice, pour ma veillée d'armes, je ne pouvais t'attendre qu'ici, et tu es venu, je t'ai senti à ma peau nue qui se hérissait de toi. Et c'était comme jamais, j'ai gueulé et j'ai pleuré… On n'aura pas d'enfant ensemble mais je les aurai tous dans mes classes et tu seras mon souffle, mes yeux, mon corps sur cette nom de Dieu de terre… Toilette sommaire à l'eau froide, mes faux bas à barbouiller sur mes jambes, ma tignasse à mater, une touche de ton rouge à lèvres et *avanti* ! Je ne reviendrai plus ici…

Dévalé les escaliers en galopade, m'en fous de réveiller l'immeuble avec mon tap-tap des semelles de bois, faux-cul de Maurice Chevalier, même pas digne de son prénom, qui les chante en rigolant, ça se voit qu'il porte du cuir, lui ! Mon oral est sur les Julio-

Claudiens, et j'ai que ça en tête, parler d'une barbarie ancienne, d'empereurs monstrueux aux magnifiques talents de juristes et d'administrateurs, faire comme si ces cruautés n'étaient plus de mise, qu'on avait enfin atteint à l'humain jusque dans la torture, le mépris de toute vie, que le pire n'est pas toujours à venir, le progrès au service du mal, j'en dégueulerais… Et puis j'ai mes vrais papiers d'identité glissés dans mon soutien-gorge : je suis inscrite aux épreuves sous mon vrai nom ! Après, filer requinquer Irène incapable de passer l'exam, lui redresser le moral, j'en suis malade… Elle va mourir, Irène, je le sais, pas au champ d'honneur guerrier, mais aussi peu glorieusement que dans l'horreur des déportations, en douce, au milieu de la grande agonie des peuples martyrs, anonyme et sans scandale. À elle non plus, comme à ces jeunesses jetées au fumier, aucun homme ne dira l'amour, et des loups, des chiens, des rats à gueule humaine lui survivront longtemps. Et sa mort laissera un vide à nos vies, dont on ne sera même pas fiers, comme de celle des martyrs de cette saloperie de folie vert-de-gris. Et moi je suis sur mon trente et un, les jambes passées au brou de noix, la fausse couture des bas dessinée au crayon-encre, nippée col Claudine et jupe de rayonne, et de sages pinces dans mes cheveux. Si mon Maurice me voyait, il aurait des œillets sucrés plein la voix et des impatiences au cœur, j'aurais sa main au creux des reins… Et ça n'arrivera plus, il a pris ma part de ténèbres, sourit éternellement à la fiancée noire et mon ombre aux trottoirs de Lyon est désormais la sienne. Oh, putain d'amour mort !

En bas, en me battant avec mon parapluie, je me suis presque cognée à monsieur Martel, costume gris croisé boutonné, cravaté, rasé de frais, lunettes noires, la ride soucieuse quand même, la bonne figure forcée de ces actionnaires ruinés juste avant de se défenestrer au lendemain du krach de 29. Il a son feutre marron à la main, tâche aussi d'ouvrir un pépin :

— Déjà debout, Morisot ? Et maquillée grande dame !

— Le rouge de Maurice, vous vous souvenez ? Morisot présente un certif d'histoire antique à huit heures... Vous étiez absent, ces derniers jours. La galerie de Nice ?

— Entre autres... Encore les Antonins ?

— Auguste et compagnie... La fine équipe des sanguinaires...

On est dehors et c'est bizarre, incapables, moi de prendre le pont direction la fac, lui d'aller je ne sais où, avec sa tête de bon pierrot qui hésite entre craindre l'averse ou le soleil absent. Et je sais que je ne tiendrai plus, dans cinq secondes, dix, je laisse mon cœur venir jusqu'à mes lèvres...

— Quand même, Néron a fait creuser le canal de Corinthe... Des êtres à deux visages... Il faut craindre les Romains, comme les Grecs, même porteurs de présents...

— Craindre les amis, bien sûr... Le politique, les grands travaux, les conflits armés, je maîtrise... Faut pas que je tombe sur la vie culturelle et ses implications, les complots d'intellectuels... Au hasard, Sénèque, Pétrone, je les sens mal...

— Réfléchis au destin de Sénèque, Morisot. Tâche de faire la part de l'histoire et de la légende dorée. Ce type est mort en héros exemplaire après avoir été un sombre salaud. Devant les monstruosités de Néron il a fini par être fidèle à lui-même et prendre des risques au nom de ses principes...

— Et qu'est-ce qu'il a gagné ? « Ne pas s'exposer inutilement, voilà l'héroïsme ! »

— Sénèque ? Marc Aurèle ?

— C'est de vous, monsieur Moulin.

Peut-être est-ce du pas qu'il a fait vers moi, et qu'il est ainsi passé dans la grisaille au pied des immeubles de la place, mais il était soudain un acteur exténué au sortir de la scène, son chapeau à la main.

— Comment m'appelles-tu ?

— Jean Moulin. Chartres, juin 40. Vous, le préfet, vous êtes venu à la gare comme un vulgaire brancardier, avec une femme, une infirmière, secourir les blessés coincés sur les quais bombardés, que les avions allemands continuaient à mitrailler. Vous étiez dérisoire et gigantesque. Cette infirmière a voulu vous aider à tirer une agonisante à l'abri, sous un wagon, au moment où des rafales balayaient à nouveau les voies. Et, là, vous lui avez crié de ne pas s'exposer…

— Jane Boullen… Je la surnommais Petit Boullen…

— La mourante était ma mère.

— Et toi, la jeune fille qui essuyait le sang de son front. Maintenant j'y suis… Tu me taraudais le souvenir, sûr de t'avoir déjà croisée… Possible que je ne t'aie pas reconnue de trop me souvenir de toi. Parce que toute ma vie dépend de ce soir-là où je me suis senti désarmé, honteux d'impuissance au point de ne pas te regarder suffisamment…

— Moi, je t'ai regardé. Et, quand je t'ai retrouvé ici, à Lyon, j'ai essayé d'être digne de l'homme de Chartres qui ne renonçait pas… Mon pseudo en Résistance est Morisot, mon alias Berthe… Auguste était celui de mon monsieur à moi, Maurice, que tu connaissais, et qui s'est pendu à Montluc pour ne pas livrer ce qu'il savait du réseau Fer.

Je suis devant lui, bon petit soldat au rapport, certaine que ce héros dirige un réseau, est quelqu'un dans la clandestinité, prépare le jour J, et qu'il va me reconnaître comme sœur d'armes, avec mon tutoiement militant… Il fait oui du menton, tout grave d'un coup, me prend le coude :

— Ah, la Résistance ! C'est beaucoup de risques… Mes condoléances, ton Maurice était courageux, il m'a tiré d'un mauvais pas, je me souviens… Pour ma part, tu le sais, je m'occupe de peinture, et je me fais même appeler Martel pour éviter tout lien avec mon passé préfectoral… J'expose les autres, si j'ose dire…

Rapide sourire de son bon mot et de nouveau le sérieux :

— … Va passer tes examens, héroïquement, et surtout reste en vie, Agathe Langlois…

Et puis il a baissé son parapluie, s'est glissé sous le mien et m'a embrassée, juste au coin, là, de la lèvre. Un baiser que j'ai reçu par surprise, tellement déçue, désorientée, que le préfet de Chartres soit devenu ce petit commerçant peureux, ce rond-de-cuir de la vente de tableaux… Alors que toi, Maurice, ta vie en herbe tu l'avais offerte pour que vivent des planqués comme lui… qui a fait deux pas, s'est retourné, a levé ses lunettes et, ses yeux sombres droit dans les miens :

— Tu viens de me donner du courage pour cent ans…

Maintenant je sais que je ne te trahissais pas, Maurice, c'était le dernier baiser de ton amour, personne d'autre n'avait le droit de me le donner, en ton nom, que Max, chef de la Résistance intérieure, représentant du général de Gaulle en France.

Elle me chamboulera toujours, la petite Morisot… Elle a du deuil aux joues, un chagrin rouge aux lèvres, c'était donc ça, son Maurice disparu, il a eu le courage, dont j'ai été incapable à Chartres, de choisir la nuit… Si j'avais pu me douter ! Des mois qu'elle joue au chat et à la souris avec moi, qu'elle me laisse faire mon numéro de père tranquille… Qu'est-ce qu'elle a dû rigoler de mes manières, me lire entre les lignes ! Elle ouvrait ses grands yeux à nos conversations universitaires, quand je faisais le sage, le patriarche à tirer les leçons d'histoire antique, et elle avait la clé de ma vie véritable au fond des prunelles… À la fois j'en pleurerais de fierté, personne ne peut toucher au plus juste ce qui m'anime depuis trois ans, même pas moi… Oui, maintenant peut-être je suis justifié, j'ai conscience du moment où le grand livre de mes dettes envers tous les morts anonymes et innocents a été ouvert, le visage de sa mère est devenu si net à ma mémoire, je suis comptable de ces calvaires et de l'avenir des survivants… Moi qui n'ai que la liberté de la France pour mission, je suis l'homme le moins libre qui soit… Et la peur me vient de ne plus pouvoir faillir sans perdre honneur et dignité… Même contre mon gré, même dénoncé, même torturé au point de trahir… De cette transparence à moi-même aussi, j'ai la trouille… C'est arrivé, quelqu'un m'a nommé, comme si la mort faisait l'appel de ceux qu'elle réclame, je me souviens de lui avoir dit, à la petite, le jour où quelqu'un me reconnaîtrait je serais foutu… Oh, Morisot, tu es terrifiante comme une Parque magnifique. Tout à l'heure tu m'as habillé de mon ombre. J'aurais pu lui révéler ma mission, ouvrir ma veste en grand sur mon armure blanche de chevalier sauveur et dire je suis Max, le chef de la Résistance, histoire de flatter mon orgueil… Autrefois j'aurais cédé à la tentation d'éblouir facilement… J'aurais plastronné, oui… Et j'aurais été le dernier des inconscients. Avouons, ne pas céder fut douloureux, passer volontairement pour un lâche, qu'elle ne s'enflamme pas, n'idéalise pas, n'y pensons plus… Couillon, ne te mens pas, tu sais bien que tu as désormais une écharde au cœur, que tu seras hanté de ces moments nus… Et puis son engagement en Résistance, oui, maintenant qu'elle m'a avoué, bien sûr j'aurais dû être clairvoyant devant ses messes basses à L'Étoile avec son malabar chéri… Je prenais ça pour de la gaudriole… Il devait en être, lui, avant et elle y est venue par amour, je vois bien la contagion… Dire que je l'ai soupçonné de trafiquer, d'être un collabo petit pied, une menace… Mais chez Rose, le soir avec Antoinette, il a joué sa vie en sauvant la mienne face aux miliciens… Et toi, Morisot, déjà tu avais l'étoffe, la pleine conscience des engrenages de l'histoire, de la politique, et l'immense chagrin de ta mère morte à compenser… En tout cas, tu as toujours cru à mon implication en Résistance, même sans me confondre avec Max, et tu ne m'as pas livré… Tu me ressembles bien, Morisot, oui, plus j'y repense, j'aurais été fier que tu sois ma fille…

Dix heures moins cinq, mon parapluie perce, Lyon est crépusculaire à travers mes lunettes fumées, la gorge me pique, j'ai les pieds trempés à battre le pavé du centre de Lyon, le « Résistodrome », comme dit Bidault-Léandre, je ne devrais pas tarder à croiser Aubry-Thomas aux environs du logis de la Belle Cordière… Cette Louise Labé n'avait pas froid aux yeux, elle brûle, elle languit, toute chair en éruption, évoque mollesse et dureté, comprenne qui voudra, elle a le verbe foutûment cru, devait pas s'ennuyer, son amant… Si la poésie pouvait tout résoudre, si les rois étaient poètes et les poètes rois, ils ne mourraient pas à la guerre…

— Cher ami, bonjour. Que dites-vous de ce temps ?

— Qu'il importe de ne pas le perdre, mon cher Thomas… Marchons vers les Jacobins, s'il vous plaît. Soyons clairs : cet après-midi je nommerai un inspecteur général zone sud et un zone nord. Il faudra entériner et organiser les liaisons.

Thomas est plus petit que moi, une tête de garçon coiffeur en rupture de salon, et fâché de l'averse. Cette pluie offre au moins l'avantage des parapluies qui nous masquent, permettent d'étouffer les énervements de nos voix.

— Combat ne l'entend pas de cette oreille… Sinon, pourquoi cette réunion ?

— Parce que je ne cache rien, moi ! Vous, en revanche, par exemple, ces armes parachutées à Brive, vous les avez détournées ! Le lieu de stockage était prévu, sûr, et vos hommes les ont emportées ailleurs, sur votre ordre… Je sais qu'elles sont en votre possession et que vous entendez les distribuer comme bon vous semblera. J'ai enfin la preuve que vous voulez armer directement les maquis en vue d'actions de harcèlement, anticiper sur le soulèvement général au jour J dont vous ignorez la date… et en tirer autorité sur cette fraction de l'Armée secrète. De plus, le débarquement en Provence n'est pas pour demain, pas dans le contexte de la crise entre de Gaulle, Giraud et les Alliés à Alger. Préparons-nous, c'est tout… Ceux qui se dévoileraient pour des raids au grand jour seraient massacrés et manqueraient au moment opportun…

— Rien ne vous autorise, Max, à le prétendre. J'ai remis deux cent mille francs à Didot hier et les plans de sabotage des voies ferrées mis à jour… Il en sera fait bon usage sans que les ordres viennent de Dieu le Père !

— Didot ? Vous avez pris vos précautions, cette fois ? Après l'avoir envoyé par négligence, suffisance, dans un piège qui a permis l'arrestation de Vidal…

— Dites tout de suite que je suis un traître !

— Un inconscient qui joue à la Résistance comme, enfant, on joue à la marchande !

— Vous m'insultez et vous vous méprenez… J'ai pris mes précautions pour confier les fonds à Didot. Une entrevue sur le pont Morand avec ma secrétaire. À part nous, il n'y avait qu'un pékin en train de lire son journal.

— Qui était ce pékin ?

— Et qui est autour de nous en ce moment, Max, à se faire tremper et nous écouter ? Bref. Vous menez votre petite guerre personnelle contre Charvet et compromettez l'efficacité de l'ensemble de la Résistance… dont vous n'avez qu'une approche administrative. Nous, nous sommes sur le terrain !

La vieille rengaine de Frenay-Charvet et d'Astier-Bernard, je l'attendais ! Seuls l'action obscure, les états de service dans la lutte clandestine justifient la détention du pouvoir ! Alors qu'elle n'existe, l'action, que par cette autorité à quoi elle consent ! Comme si Charvet, cet hystérique, militaire gradé jusqu'à l'os, avait la fibre de la piétaille ! Et l'autre don Quichotte à la figure triste, le nobliau d'Astier de La Vigerie-Bernard, qui ignore même comment on cire ses chaussures, nul doute qu'il est proche du petit personnel ! Même pas la peine d'expliquer, il est à fleur de peau pire que moi, mon Thomas, chef par intérim !

— J'ai mon propre terrain, qui est aussi le vôtre... En tant que délégué du général de Gaulle, je ne fais qu'obéir à des instructions connues de tout le comité directeur qui stipulent que les mouvements doivent m'obéir ! Ainsi que vous qui remplacez Charvet à la tête de Combat pendant qu'il est en train de me débiner à Londres ! Comme il a tenté de me mettre hors circuit avec ses complots suisses... Négocier sous le manteau, à Berne, à Genève, directement avec les Alliés, les fonds destinés à la Résistance, mais c'est de la trahison ! Et Combat veut commander à Libération ! Alors qui est en rupture, qui joue sa carte personnelle ? Et compromet l'unité, tout le travail accompli par nos sans-grade ?

Envie de le mordre, de l'envoyer aux galères... Dieu, je me croyais débarrassé de ces coups de sang... Est-ce que j'ai l'âme d'un tyran ? Lui, Thomas, se trouve des allures raides de cagot offensé dans sa foi :

— Pas la peine de montrer les dents... Je ne suis pas à votre botte. De toute façon, tout à l'heure, je n'accepterai pas de nomination qui ne vienne de de Gaulle, ni moi, ni...

— Ni vous ni qui ? Lahire ? Vous venez seul cet après-midi, n'est-ce pas ?

— Lahire part se marier à Toulouse ! Aubrac sera présent pour Libération, évidemment… Et, même si nous étions cent, il suffirait de mon refus… Assez de vos oukazes !

— Ce sont des décisions responsables, pas des caprices… Non seulement vous vous opposez mais vous ne comprenez rien ! J'amènerai le colonel Blumstein, le remplaçant de Vidal à la tête de l'AS… et les inspecteurs que je compte nommer. Mais vous êtes déjà au courant : « évidemment Aubrac » ! Tout comme vous connaissiez le lieu de la réunion avant moi.

— C'est que Lassagne en a envisagé deux…

— Vous auriez dû ignorer les deux. Je considère que c'est un manquement aux règles de sécurité !

À marcher à l'aveuglette de nos pépins, je m'aperçois qu'on se picore la crête en coqs de Barbarie rue Thomassin, juste devant le 20, l'appartement d'Antoinette qu'occupe Larat-Xavier, qui dirige le centre d'opération de parachutages et d'atterrissages. Il amènera le colonel Lacaze à Caluire, chez ce médecin ami de Lassagne. J'espère qu'il l'aura convaincu de prendre la direction du 4e Bureau de l'AS. Le nez à la fenêtre et il nous verrait montés sur nos ergots… N'empêche, deux inspecteurs, un chef de mouvement, un chef d'armée, celui de son état-major, le délégué de De Gaulle, le chef du COPA… Tudieu, il y aura du beau linge à laver cet après-midi, pourvu qu'il ne claque pas trop au vent au point que les fritz en entendent le bruit… S'ils n'en ont pas déjà respiré l'odeur de lessive…

Au bas de la ficelle de la Croix-Paquet, je suis arrivée comme une dératée, certaine que la prochaine cabine du funiculaire me passerait juste sous le nez si je ne courais pas, que la suivante déraillerait, que j'y laisserais ma peau, et ça m'énerve, ces superstitions imbéciles ! Et je l'ai eue, ma cabine, ric et rac, juste avant la fermeture des portes ! Bon signe ! Imbécillités ou pas, je suis en retard, Irène va m'attendre et je n'ai pas le droit de traiter par-dessus la jambe le temps qui nous reste ensemble.

Mon oral prévu pour huit heures je l'ai débuté passé midi. Avec la trouille de le subir sous mon véritable nom et un examinateur façon Inquisition, un méticuleux de l'interrogation, une caricature d'universitaire rappelé malgré la limite d'âge, la tête à Pétain ou pas loin. Pendant que le funiculaire me grimpe vers Caluire je revois mes exploits…

« L'assassinat comme acte politique sous les Julio-Claudiens. » Et là, effacées mes heures d'attente, j'aurais pu tenir l'après-midi sur le sujet ! Même pas pris une note pendant ma demi-heure de préparation. Et j'ai analysé la confiscation des biens des puissants accusés de complot, démontré l'importance du meurtre dans l'économie domestique des Princes, bien sûr souligné l'élimination politique *stricto sensu* de l'empereur régnant, Claude empoisonné pour que Néron le remplace par exemple, évoqué les actes crapuleux concernant autant la sphère étatique que l'alcôve impériale, la mort d'Octavie comme divorce expéditif, celle de Messaline commanditée par sa sœur Agrippine... Et j'ai marqué un temps, l'air d'en avoir terminé, pour préparer mon effet qui n'a pas raté :

— C'est tout, mademoiselle ?

Presque sarcastique. Il avait regardé ailleurs pendant tout mon laïus, s'était essuyé les lunettes, avait toussé, soupiré, et il se levait déjà, sûr que j'avais vomi mon cours ainsi que prévu, étudiante dans la moyenne, à traiter avec condescendance.

— Non. Il y a une dimension théâtrale à ces exécutions. L'assassinat considéré comme un des beaux-arts... Revenons au parricide de Néron qui met en scène, théâtralement, le meurtre de sa mère Agrippine...

Il s'est rassis. Et je lui ai soutenu que le meurtre politique, loin de vouloir être caché, valait surtout de la comédie sanglante qu'il donnait aux cercles de pouvoir, mieux, des artifices qui constituaient ce théâtre de la cruauté, ainsi qu'on a qualifié les tragédies de Sénèque.

Et maintenant le roi n'est pas mon cousin parce que mon Savonarole des universités ne m'a pas quittée des yeux pendant la fin de mon exposé. Après il m'a tendu la main par-dessus le bureau, plus du tout vieillard morgueux ni universitaire paternaliste :

— Tâchez d'éviter les meurtriers, mademoiselle Langlois, ils sont maintenant descendus dans les rues...

Et présentez l'agrégation dès que possible, le jury ne devrait pas vous assassiner…

Juste comme je repensais à ces phrases et au sourire gentil de l'examinateur, la cabine s'est arrêtée au terminus. Pile comme le tram 33, le direct pour chez Irène, arrivait. Décidément ! J'ai encore pris mes jambes à mon cou, sauté sur le marchepied, ouf, et là je vois Moulin et ses drôles de lunettes noires par ce temps attendre avec un autre homme en imper mastic. Instinctivement, même pas épatée de ce hasard, et je m'en fous de l'avoir découvert si minable planqué ce matin, juste heureuse de mon oral, mais heureuse, et persuadée qu'il va aussi grimper s'installer, je lui crie :

— Jacques, vite, venez que je vous raconte ! J'ai eu ce que je voulais : l'assassinat !

Forcément, il m'a entendue. Mais il fait comme si non, se détourne, alors que l'autre me regarde, avec une tête de totale panique, l'assassinat de qui ? Sur le coup je suis un peu marrie d'être ainsi battue froid, négligée… Oh, et puis Moulin doit être en affaires de décoration, puisque c'est désormais son métier, ou je ne sais pas… Les portes se ferment avant que je puisse le rappeler, le tram s'ébranle dans un crachotis d'éclairs bleus et ils disparaissent en arrière, plantés à l'arrêt. Pourquoi ils n'ont pas embarqué ? Une jolie jeune femme en corsage rouge, un peu en retrait, n'a pas bougé non plus, elle les lorgne en coin sans y toucher, avec de fausses distractions d'espionne galante. L'expression idiote qui m'est venue, et que j'ai répétée à Irène. Ce qui l'a fait rire et se foutre de moi qui voyais Mata Hari réincarnée à Caluire !

Elle va mieux, Irène, aussi mieux que possible. Pendant que sa mère est au ravitaillement et la petite

Jacqueline en classe, elle a même pu venir m'ouvrir la porte. Presque elle ne paraît pas malade, en petite robe de coton azur, la tache de rousseur vaillante. Elle a tiré un fauteuil près de la fenêtre qui donne sur la place et on peut bavarder. Elle peut surtout me tanner de questions, assoiffée d'extérieur, de la fac, de mon oral, pas grave qu'elle ne l'ait pas passé, elle verra à la session de septembre, est-ce que les Alliés vont débarquer, on le dit, et le front de l'Est, est-ce que l'Armée rouge progresse, le rationnement, est-ce que je m'en sors pour manger à ma faim, est-ce que… Elle me saoule alors que je repense à ce que je viens de vivre. Peut-être pour couper court, comme on parle pluie et beau temps, j'évoque Moulin, Jacques Martel, son compagnon et la femme en rouge, l'espionne galante. Pourquoi est-ce qu'ils ne sont pas montés en même temps que moi, tous les trois, puisqu'ils attendaient le tram dès avant mon arrivée ? Et je ne cherche pas de réponse : c'est là, Irène se moque de ma Mata Hari, que je vois le danger partout alors que cette femme courait sûrement à un amant, le rouge excite la bête… Ça nous fait des fous rires… Jusqu'à ce qu'elle me demande à petite voix, crue et timide d'un coup, de parler de Maurice, allez, c'est comment faire l'amour, tu éprouves quoi quand il te pénètre, t'as pas peur d'être enceinte, et les seins, les seins, il te les embrasse ? Alors je lui donne tous mes souvenirs de caresses, les jouissances gueulées, les halètements du désir, les vertiges à le sentir en moi, j'invente des plaisirs dérobés sous un porche, des érotismes de roman. Et elle croit que je pleure, comme ça, le front contre la fenêtre, parce que l'amour est si beau d'impatience, que j'en veux encore, qu'il me manque tant, Maurice, même à pas longtemps de ses mains sur moi, tout à l'heure… Je peux pas te dire, Irène, qu'il est mort et moi pas loin, que je suis, comme toi, au versant sombre de la vie, qu'il n'y a pas de tout à l'heure, mais qu'il faut… Je la laisse ouvrir des yeux d'étoiles sur mes larmes de deuil, se lever, m'essuyer les joues, et dire :

— Merci…

Et pour épargner Irène, me calmer le cœur, parce que je n'ai pas le droit de chialer de lui avoir offert l'ombre de ce qu'elle ne connaîtra jamais, de lui étaler mes douleurs, mes mutilations, à elle dont la mort proche est l'horizon intime, je m'abandonne au spectacle de riens paisibles, dehors, à un chien pressé, aux passants, nez levé après la pluie, comme s'ils guettaient l'arrivée de l'été dans les nuages hypocrites. Et, soudain, parmi ceux qui croisent sous les arbres de la place, je ne me trompe pas : Jean Moulin, l'homme du tram et un troisième, en loden gris et chapeau pareil… Ils poussent la grille de la maison du docteur Dugoujon, en face… Bien sûr, Irène a senti mon bref raidissement :

— Tu les connais ?

Ils ont sonné, la porte s'ouvre et, au moment d'entrer, Moulin se retourne, vite, un coup d'inspection sur les alentours, et je suis sûre qu'il nous voit, qu'il me voit, à la fenêtre d'Irène, juste avant d'entrer. Il a marqué un léger temps d'arrêt, comme à un départ précipité on vérifie n'avoir rien oublié, et du diable si ce n'est pas surtout un mouvement d'effroi…

— Le dernier, là… Je t'ai raconté : le décorateur qui habite mon immeuble… Celui que Mata Hari espionnait à l'arrêt du tram…

On est toutes les deux collées à la vitre, deux pensionnaires interdites de sortie, à se monter le bourrichon. Surtout Irène :

— Ah oui ? Curieux, quand même : tu penses bien que les patients du docteur je pourrais t'en dresser la liste. Je les vois défiler à longueur de journée… Et ceux-là, trois messieurs que je n'ai jamais vus, venus consulter ensemble, avoue qu'on peut se poser des questions…

— Ton toubib peut vouloir refaire son intérieur à neuf…

— Possible… Et il arrête ses consultations pour discuter rideaux, couleur de papier peint ?

— Écoute, Irène, on s'en fout ! Tant qu'il te soigne bien…

— Et s'il était résistant, qu'un réseau se réunisse chez lui ?

— Je te retourne ton argument : il arrêterait ses consultations, excusez-moi chers patients, j'ai un sabotage à préparer, un parachutage d'armes à superviser, vos grippes attendront !

— T'es bête. Le truc, c'est justement de trouver un paravent : en apparence on vient se faire soigner, mais en réalité…

— En réalité, tu ne devrais pas te fatiguer. Je vais te laisser te reposer… On est quand, lundi ? J'essaierai de revenir jeudi, qu'on revoie la politique extérieure de César ensemble.

— T'es pressée de retrouver Maurice, dis-le…

Là je ne peux plus, trop lourd de supporter son regard de condamnée, elle en est presque méchante d'envie, je suis à deux doigts de lui dire que oui, je vis, mais Maurice est mort, et je couche avec son fantôme, pour qu'on supporte ensemble, à braire de chagrin et de trouille, sa maladie et mon amour suicidé… Non, je me tais…

Trois Tractions avant débouchent en souplesse sur la place, stoppent… Je regarde les portières s'ouvrir, un petit monsieur sec tendre le bras, ordonner, une bonne douzaine d'hommes armés descendre à grandes enjambées, forcer l'entrée du docteur Dugoujon, prendre position devant les issues, la porte-fenêtre de la terrasse… La Gestapo ! À l'arrière de la troisième voiture, une femme reste assise. Elle porte un corsage rouge. Et, comme je vois juste son col par la lunette arrière, je me souviens de cette fois à L'Étoile, où elle était avec Danièle et le traître Lunel…

Je ne sais pas combien on est restées écarquillées à attendre. Une demi-heure, une heure, on se chuchotait, tu vois, j'avais raison, réunion de résistants, oh là là, ils vont les torturer, les déporter, les exécuter, on se serrait les mains à avoir mal, et moi, j'avais beau refuser les évidences, moi l'agent de liaison, la vigilante, la fille sur la corde raide, il fallait bien me rendre aux déductions d'Irène : j'assistais à la rafle des participants à une réunion de résistants… Et Jean Moulin était parmi eux, avec l'autre, celui qui avait pris peur en m'entendant crier le mot d'assassinat, bien évidemment, et le troisième homme… Et peut-être encore d'autres, qu'on n'avait pas vus arriver… On a continué à supposer, à voir les passants rebrousser chemin devant les autos et les hommes armés… Dire que le cœur me serre, que je vis ce qui aurait dû m'arriver, l'arrestation de Maurice à ma place, dire mon souffle terrifié, j'ai pas les mots, je peux que tenir Irène contre moi, m'accrocher à ses petites forces, et elle qui répète j'avais raison, les malheureux…

Jusqu'à ce qu'un blondinet, le genre Pierre-Richard Wilm, soit tiré dehors, les mains attachées par une cordelette. Il n'est pas arrivé avec Jean Moulin… Peut-être il était le seul recherché, maintenant c'est fini ? On l'amène à une voiture et j'ai une impression de mauvais film, que tout est de convention, le pas ralenti sur les derniers mètres, le coup de coude du blond à l'estomac du policier, sa course vers une haie en bas de la place et la montée Victor-Hugo, les gardiens qui se regardent, se décident à ouvrir le feu, et l'autre qui s'échappe, disparaît. Quelques secondes de palabres, on se met à sa poursuite et vite on revient bredouille. Quand même, nous, le cœur nous est venu aux lèvres.

Reste les autres dedans, les trois de l'arrêt de tram ! Qu'est-ce qu'on leur fait ? Est-ce qu'on les interroge, on les massacre ? Irène a posé les mains sur la vitre, à plat :

— Pourvu qu'ils laissent le docteur en paix…

Sur l'instant je lui en veux de ne penser qu'à sa chapelle, à son toubib. Or, je suis autant coupable, oui, moi aussi je me recroqueville sur mes univers étroits, je palpite à l'idée de Jean Moulin capturé, pas autant pour ses compagnons inconnus, même s'ils sont mes frères en Résistance, alors que pas lui, ce décorateur frileux qui a renié la seule fois, voici trois ans, à Chartres, où il a eu du courage… Quel terme il a employé ce matin ? Impuissant… Voilà, il a mesuré son impuissance… Et depuis il se replie, se couvre, se protège… À bien y songer, il ne risque pas grand-chose. Les arrestations de hasard, on les bouscule un poil avant de relâcher tout le monde… Cette bouffée d'égoïsme face au danger, est-ce l'instinct de conservation, la raison profonde des retournements d'agents qui choisissent de trahir pour rester en vie ? Pas sûr que je sois à l'abri de trahir si je tombe… Alors, parce que mes imaginaires cavalent, comment ils l'ont emprisonné, Maurice, est-ce qu'il a été battu, torturé, on pense à quoi au moment où c'est foutu, où il sait qu'il va mourir à ma place ? Il ne m'a pas donnée, en tout cas… C'est Marcel, Marcel a parlé… Et moi peut-être, j'aurais cédé, je l'aurais dénoncé… Alors je peux bien finir d'exprimer l'angoisse d'Irène, le docteur Dugoujon incarne son espoir de survie :

— S'ils l'embarquent, tu devras changer de médecin, de traitement… Et ça te fait peur ?

Elle fait oui de la tête.

— Ils vont le laisser tranquille, ne t'inquiète pas. Et puis son frère, le milicien, va le couvrir… S'il était affilié à un réseau, tu l'aurais déjà compris, tu aurais vu…

— Des visiteurs du soir venir chez lui ? Non, jamais… Mais réfléchis, Agathe. Admettons que ce soit la première fois qu'il participe à une réunion clandestine. Ou qu'il l'accueille seulement chez lui pendant qu'il reçoit ses patients. Qu'est-ce que ça change ? Rien, ou justement qu'il a manqué d'expérience, pas pris assez de précautions… Ou que les autres ont été suivis… par ton espionne galante.

Et elle a un geste du menton vers la femme assise dans la dernière auto.

Encore une fois, elle a raison. Imbécile que je suis : ce matin Moulin m'a joué la comédie du lâche caché sous un pseudo, uniquement parce que je l'avais découvert… Et j'ai marché, écœurée par ses minableries de planqué ostentatoire, je n'ai pas pesé ses dernières paroles : il m'a appelée Agathe Langlois, moi, Morisot depuis le premier jour, m'a priée de rester en vie, il avait désormais du courage pour cent ans… À sa manière, il me donnait sa bénédiction… Il n'avait pas peur pour lui, mais pour moi : je connais son vrai nom… Il se savait guetté, traqué. Et il acceptait le danger que je représentais désormais… Bien sûr, double imbécile, puisque la femme en rouge le suivait, lui et l'autre homme qui attendaient le troisième pour le guider jusqu'à ce rendez-vous clandestin… Donc il n'est pas du menu fretin… Oui, Jean Moulin est devenu Jacques Martel, en Résistance, il ne s'est pas mis en retraite de l'histoire… Il est resté l'homme de Chartres… Est-ce que la Gestapo va le percer à jour ? Il a forcément des faux papiers, et les autres, vont-ils tenir le coup, ils…

Les voilà qui sortent, menottés dans le dos, poussés dans les reins, valdingués de coups de crosse, on les engouffre dans les voitures. Ils sont quoi, sept, huit, plus, Moulin parmi eux qui regarde en un éclair dans notre direction, et une femme affolée, Marguerite, la bonne de Dugoujon, je la reconnais. Le dernier à embarquer est le petit Allemand nerveux. Un coup d'œil alentour, tout est en ordre, vroum les Tractions démarrent, quittent la place. Personne ne s'est plus préoccupé du fugitif, le blondin à l'évasion de cinéma… C'est étrange, à part la maison grande ouverte, porte-fenêtre et tout, on dirait que rien n'a eu lieu, que les arbres n'ont rien à raconter au cantonnier qui s'adosse au premier platane et pose sa pelle pour se rouler une cigarette. La mère d'Irène vient de tourner l'angle, son petit cabas au poing, elle nous fait signe de loin, ravie de nous apercevoir à la fenêtre. Irène répond coucou de la main, comme ça, et se laisse tomber dans son fauteuil :

— Ils ont arrêté le docteur… Qu'est-ce que je vais devenir ?

Moi je me dis que la femme en rouge m'a vue interpeller Moulin et son compagnon, parler d'assassinat, et que je suis peut-être aussi en danger immédiat. Puisque je suis déjà recherchée…

C'est arrivé. Trois ans, presque jour pour jour, après Chartres, on m'a de nouveau pris la lumière. Et je crains que personne ne me la rende, cette fois… Ils savent. Que l'un des hommes capturés à Caluire, qu'on vient d'inscrire à l'écrou du fort de Montluc, est Max. Et chacun des hommes raflés sait que je suis Max. Ce n'est plus qu'affaire de temps avant que l'un d'eux parle sous la torture… Si nécessaire, puisque la fuite de René Hardy-Didot, qui ne devait pas assister à notre réunion, ne me dit rien qui vaille… Thomas l'a fait venir et il le savait ce matin, ne m'en a rien dit ! Bafouer les règles de sécurité ne se fait pas sans but, ou sans inconscience… Surtout un agent important, responsable du réseau Fer, qui a été arrêté par la Gestapo et miraculeusement relâché, dont cette Lydie Bastien, cette superbe maîtresse, est le talon d'Achille… Encore que je puisse en penser autant d'Aubrac, sa femme a déjà mis sa vie en gage pour le faire évader… Le faire remettre en liberté, plus exactement… Il en ferait autant si elle était prise… Et moi, j'aurais quelles audaces pour Antoinette ou Colette ? Non, arrêtons, ne jouons pas le jeu de la Gestapo, certainement je ne dois pas douter de mes compagnons, à moins de ne pas me faire confiance à moi-même… Et, tant que je ne suis pas confronté à la douleur, je ne mesure pas ce que je vaux, alors les autres, qui suis-je pour les juger ? Simplement, il me semble qu'un pas une fois franchi, la trahison occulte tout le reste, toute l'humanité d'avant, alors la seule solution pour coïncider avec soi-même est d'assumer totalement sa nouvelle personnalité de salaud. On doit même se sentir apaisé…

Allons, je suis dans ma cellule de Montluc, on me laisse mijoter mais on va d'un instant à l'autre venir me chercher. On m'interrogera. Tout à l'heure ce n'était qu'une guignolade, des volées de coups pour petits enfants, infligées par des marionnettes distraites. On donne le *la*, la rhapsodie des tortionnaires est à venir… dont la musique est déjà connue… Jusqu'où sommes-nous découverts, est-ce que je peux demeurer longtemps Jacques Martel ? Donner des heures, des jours si je peux, à Alain, à Serreulles-Sophie, ceux du Conseil de la Résistance, pour qu'ils fassent place nette, qu'on ne remonte pas trop vite jusqu'à eux… Mais je devine, vu le déroulement de la rafle, que ces messieurs, hors l'identité de Max, savent déjà l'essentiel. Parce que le bilan est lourd : Aubrac et Schwarzfeld ne prendront pas la tête des AS de zone occupée et de zone libre… Mon rôle centralisateur est bloqué, les chiens vont pouvoir se ruer à la curée… Je n'ai eu le temps de former personne à me remplacer. Serreulles-Sophie est encore bien tendre, les ronds-de-cuir de Londres, Alger, les Alliés vont le laisser patauger… Qu'est-ce qui s'est donc passé pour que tout s'écroule en moins d'un mois, depuis la réunion inaugurale du CNR jusqu'à cette salle d'attente ? Qui a été imprudent, qui a trahi ? Peut-être moi, d'être demeuré trop longtemps à Lyon…

En entrant chez le docteur Dugoujon, quand la bonne nous a fait passer parmi les patients dans la salle d'attente, Schwarzfeld-Clair, Aubrac-Ermelin et moi, j'ai eu la sensation d'un désordre… Les autres, Larat, Aubry, Lassagne, Lacaze, les représentants des mouvements, devaient déjà être là puisque nous étions en retard… Qu'est-ce qui clochait ? Pas le temps de nous concerter discrètement, les portes ont explosé, des argousins, mitraillettes pointées, nous ont plaqués au mur… Là, je pensais encore y échapper ; j'avais une ordonnance d'un confrère médecin pour solliciter un diagnostic précis du docteur, Aubrac a mangé tout cru le document de travail que je lui ai glissé, je n'étais pas parmi les résistants surpris à l'étage où j'entendais déjà cogner et hurler… Je pouvais être pris pour un pékin ordinaire venu consulter au mauvais moment… Oui, j'ai cru passer à travers, ce temps où on a attendu dans le fracas des interrogatoires au-dessus et les odeurs chaudes du jardin, et puis il y a eu des coups de feu sur la place, on a descendu les autres, pas mal amochés, on nous a menottés dans le dos comme eux, c'est là qu'on a appris, du coin des lèvres, de Lassagne je crois, la fuite d'Hardy, juste entravée par un cabriolet… On nous a poussés dehors, aux voitures… Pourquoi est-ce que j'ai levé les yeux et cru voir Morisot derrière une fenêtre de la maison en face ? Je l'avais déjà entraperçue à mon arrivée, bien sûr c'était elle, elle a pris le tram en haut de la ficelle… Morisot, Morisot, qu'est-ce que tu faisais là, ma petite vaillante, ma résistante en fleur, au bord du danger ? Tu n'as pas été retournée, ce n'est pas toi qui nous a suivis ? Non : la femme au corsage rouge était dans la Traction…

Déjà, j'avais repéré cette sanglante élégance attendre le même tram… Elle a vu Morisot m'interpeller… Quelqu'un a dénoncé la réunion mais elle a mené Barbie jusqu'à nous… Ce Barbie, maintenant je mets un nom sur le griffon maigre qui dirigeait la rafle, il est sûr de lui, et cruel. Il a une façon d'ouvrir les mains qui sent le bourreau… Oui, il jouit de savoir que l'un de nous est Max, il connaît l'importance de Max dans l'organigramme de la Résistance, et il se distille le plaisir de le découvrir et de le faire parler. Pour l'instant il croit qu'Aubry est Max… Il a assez plastronné qu'il aurait pu l'arrêter dimanche sur le pont Morand, et piquer de l'argent anglais en plus : l'homme qui lisait le journal, c'était lui ! Didot, il le retrouvera, il sait qui c'est, il le fait suivre depuis sa remise en liberté, et la jolie Lydie, il connaît son adresse… Aubry finira par parler pour se dédouaner… Et moi, que les autres me trahissent ou pas, qu'est-ce que ça fait ? Je serai questionné de toute façon et je ne peux rien effacer de ce que j'ai dans le crâne… Aurai-je la force et le courage de tenir ? Ou de réussir ce que j'ai raté à Chartres, me fermer la bouche définitivement ?

J'entends les bottes dans l'escalier. Ils viennent. Désolé, madame Aubrac, notre dîner avec votre mari est fort compromis…

Promenade. En rond dans la cour de Montluc… Là-haut, quelqu'un a tendu des ciels azur d'amants heureux, des oiseaux froufroutent dessous… On se regarde en chiens de faïence, étrangers en apparence, avec l'envie sourde de demander comment tu vas, pas trop douloureuses tes contusions, et tiens bon, gagne du temps… Lassagne est le plus amoché. Mais il fait des clins d'œil, il a la blague aux lèvres, il peut pas s'empêcher malgré tout… Celui-là, comme optimiste ! Pauvre André, est-ce qu'on vous prend pour Max ? Aubry-Thomas n'est pas là… Hardy non plus, pas repris donc, sinon il serait déjà apparu… Ou remis en liberté… S'il a trahi, le plan Vert, les sabotages de trains sont à l'eau, et l'état-major de l'AS vendu par un de ses chefs. J'ose à peine y croire… Dugoujon traîne les pieds devant moi, je crois bien que je lui souhaite bon courage… Moi, ça va, deux-trois jours depuis Caluire, je n'ai presque rien subi… M'est avis que je ne suis pas soupçonné… Trop l'air d'un minable, d'un rien du tout… Espérons : si Lassagne ne parle pas, qu'ils le prennent pour Max, ou bien continuent à parier sur Aubry, ah oui, ils ont des gueules de chef, eux, Lassagne et Aubry, oui, chez Dugoujon Barbie gueulait à Lassagne qu'il savait bien qui était Thomas en réalité… Il tâtonnait, prêchait le faux pour savoir le vrai, maintenant il a découvert que Thomas est Aubry, laissé tomber Lassagne, ils sont en train de le cuisiner, non, pas possible, Barbie devrait déduire que Lassagne est bien Max… Arrêtons de supputer, d'endosser les perversions mentales d'un nazi, avec l'espoir qu'il en reste là, pense tenir Max en Lassagne ou Aubry, m'en fous, qu'on nous interne simplement, nous les autres, ou qu'on nous déporte… Pensée dégueulasse… Je suis Max et nul ne doit subir mon sort à ma place… Sauf que je me tairai même si Barbie apprend la vérité, d'une façon ou d'une autre…

Ni le jour ni l'heure. Rien ne me situe plus dans le cours du temps… On m'emmène, on me ramène, Montluc, la Gestapo à l'École de santé, l'École de santé, l'hôtel Terminus, le bureau de Barbie, sais plus où on me traîne, les questions hurlées, murmurées, la schlague de Barbie, retour à Montluc, voilà mon seul rythme, mes seuls repères, hors ma cellule… Et le rituel de torture, les sensations et le décor… Tomber, me relever, être recalé sur cette chaise, le goût du sang dans la bouche et l'air frais qui agace mes dents abîmées, mon souffle en rafales tétanisées, le douloureux sac de mon corps, plein de sable lourd, ma tempe surtout, ma tempe qui poigne et se tord à péter, le pansement autour de mon front, qu'on arrache, qu'on remet, et le molosse fauve et noir qui bâille et me regarde, la tête posée entre les pattes, avec les mêmes yeux veloutés et immobiles que la souris vert-de-gris, perchée au coin du bureau, aux grosses mamelles et au cul rond, que Barbie lutine parfois d'une main, les yeux sur moi… Tous deux, le chien et la fille, sont là sûrement en témoins de la douceur des choses, en exemples d'humanité achevée, que mon tortionnaire apprécie mieux sa puissance, de vie et de mort… Il me tourne le dos pour ces pauses lubriques, ouvre la fenêtre, n'est-ce pas que l'été sent la chaleur des plantes et des femmes ? Bien sûr il provoque, me laisse juste assez de liberté pour tenter quelque chose, même au risque que je me supprime… Maintenant il sait, il a éliminé les options Lassagne et Aubry. Si je voulais, je mettrais mon reste de forces à foncer droit devant, m'écraser le crâne sur un montant de porte, m'envoler jusqu'au trottoir, des étages plus bas… Oh non, mon ami, je ne vous ferai pas ce plaisir de me jeter la tête contre les murs, de me défenestrer, de sauter la rambarde d'escalier… Vois-tu, je suis mort voici trois ans, je suis revenu du Tartare parmi les vivants et tu ne peux rien contre moi… Je ne crains que de sombrer et de ne pas repartir en toute lucidité parmi les apparences qui sont ma vie, parce que vous ne pouvez plus que faire semblant de me tuer à petit feu, en faisant durer le martyre. Mais vous torturez une ombre…

De toute façon, peut-être qu'il a déjà ce qu'il veut. Il me travaille pour la forme. Mais j'ignore ce qu'il connaît, donc c'est comme s'il ne savait rien… Je n'ai été vraiment mis à la question que quelques jours après Caluire, ou une semaine, comment évaluer ? À mon arrivée devant son chien et sa *Fraulein*, Barbie m'a dit :

— Comment allez-vous, monsieur Max ? Ou dois-je dire Jean Moulin, domicilié à Saint-Andiol ?

Quelqu'un venait de parler…

— Je suis Jacques Martel, artiste et décorateur, né à Picquigny, Somme, le…

— Bien sûr… Mais vous recevez à Saint-Andiol, comme préfet de Chartres à la retraite, du courrier que nous interceptons… Et puis votre ami Thomas, ou Avricourt, Henri Aubry, a été très bavard. Ses renseignements nous suffisent amplement pour anéantir toute votre organisation terroriste… Le reste, je l'ai déduit : vous êtes Max. Mais maintenant vous allez me dire tout ce que votre rang de délégué unique de de Gaulle en France, de chef des mouvements de Résistance, vous permet de savoir, vous seul… Ainsi mon dossier sera complet… Je ne veux pas vous transférer avant… Votre destination serait Berlin, otage de prix, mais j'ai d'abord ma carte à jouer…

— Je m'appelle Jacques Martel, je suis décorateur…

Le premier coup de schlague, le premier à la tempe, m'a pris par surprise. Je crois être tombé de ma chaise. Je ne sais plus, je ne sais plus…

Tout à l'heure, quelqu'un m'a rasé. Un samaritain, que je n'ai pas vu, évanoui, pommettes gonflées à me fermer les yeux… Il m'a raclé le cuir aussi délicatement que possible, sans rouvrir les plaies… J'étais abandonné en dehors de ma cellule, dans le couloir des caves, ou en haut, au bord de la cour… Me souviens plus, peux plus marcher seul, bouger les lèvres sans saigner, ma chair est sans pulpe, mes muscles sans fibre… Je crois que je suis tombé dans la cage d'escalier, en sortant du bureau de Barbie, un malaise, ou bien j'ai cédé, j'ai sauté, j'ai perdu confiance en moi, trop mal, trop de souffrance, ce salaud s'y entend pour doser la douleur, me souviens plus… Que de cette femme, soudain, au soir du 17 juin 40, dans une ferme alentour de Chartres, au hameau de La Taye… Une caricature de jeune officier nazi à chien-chien, un blondin à l'obséquiosité cruelle, amateur de fox-terrier, pourquoi cette manie des chiens chez les bourreaux, avait voulu faire signer au préfet le déshonneur de l'armée française, ses soldats noirs, les tirailleurs sénégalais, en débâcle, auraient violé et tué une famille… Pas question… Alors ils vont me prouver la forfaiture, m'emmènent, en grand uniforme de préfet, dans cette campagne, ce hangar où pourrissent des corps éventrés, des enfants aussi, mais, messieurs, ils sont criblés d'éclats de bombe, ce sont vos avions, vos mitrailleuses qui… Et vous fusillez aussi des vieilles dames, une veuve de quatre-vingt-trois ans, à Luray, j'ai le rapport de ce crime en préfecture ! Cette rébellion, ils ne la supportent pas, on me jette dans la salle de la ferme, on me frotte à une boucherie, une femme aux membres coupés, la section de ses cuisses comme des soleils rouge sombre, mi-nue, la chemise coagulée de sang sur le torse, on me fourre le nez au cadavre :

mitrailleuse, bombe ? Non : travail des Noirs, les sous-hommes de l'armée française ! Et on me laisse là méditer cette femme morte, longtemps, dans l'odeur des mouches, et puis je dois signer le protocole de honte maintenant que j'ai les preuves… Non, non… Et c'est la nuit, retour à Chartres, une maison avec des arbres et une grille, on m'a frappé à coups de crosse, on a tiré des coups de feu au ras de mes oreilles, que je me croie mort, on m'enferme dans une salle à manger réquisitionnée en cellule dont les volets sont clos, les vitres brisées par le bombardement, avec un Sénégalais brave qui me laisse son pauvre matelas… Signer le déshonneur de l'armée française, c'est signer le mien et accepter la barbarie comme règle… Maman, Laure, papa, pour ne pas vous trahir, que vous ne rougissiez pas de moi, mon devoir est d'être incapable de signer, d'avoir trouvé à l'aube, quand reviendront les bourreaux, un refuge inaccessible, d'être passé par-delà le miroir… Un éclat de vitre au travers de ma gorge, Dieu, sur l'instant j'ai failli crier de douleur… Le lendemain, 18 juin, j'étais couvert de sang, avec toutes les apparences de la vie, et muet, de Gaulle parlait depuis Londres… Je ne l'ai pas entendu, j'espère avoir répondu à l'appel dignement quand même… Est-ce qu'il faut être poète, comme mon ami Max Jacob, mon homonyme, ma famille, ou peintre, être Van Gogh, pour dépasser la souffrance, se couper une oreille comme si de rien n'était ? Oh, Apollinaire, je t'appelle, toi, le soldat poète, qui dus te mettre nu avant d'entrer dans ta cellule, qui pensais aux pauvres cœurs battant dans la prison, et toi, Verlaine, devant ton ciel si bleu si calme, et Villon qui demandait la pitié des frères humains… Vous vous êtes évadés, vous avez inversé le monde : la liberté n'est inaliénable qu'intérieure… Tant que je me tais, je suis moi, je suis un poète libre quelles que soient mes chaînes… Je suis cette femme mutilée, je suis la mère de Morisot, Maurice, je suis tous les morts des camps et des batailles boueuses, tous les Juifs et les Tziganes, les républicains espagnols, je suis l'Europe fusillée… Tu as cru raser un moribond, ami, je l'ai entendu à tes murmures de compassion, tu as fait la toilette de Lazare… Et c'est l'homme nu que tu as ressuscité en moi…

La voiture. On m'a installé sur la banquette arrière d'une auto, entre deux argousins, et on a pris la route. Il me semble reconnaître la RN7… Qu'on va vers le nord. Mais où ? Ils me traitent mieux, en sursitaire de la vie, je dirais… Dieu que j'ai mal à respirer ! Chaque cahot est un supplice, le bruit du moteur me vrille le front… À ne pas m'entendre gémir… Je ne tiendrai plus guère, me reste juste un peu de souffle au fond de la poitrine, que j'épuise, je le sais, avec le chagrin calme des bonbons qui me fondaient, enfant, au creux de la main tant je voulais les garder, retarder le plaisir… Quand même, s'ils savaient le cadeau qu'ils me font, de passer en revue les villages, les platanes serrés au bord, les champs où finissent de mûrir des moissons, de doubler des attelages de chevaux besogneux, attraper le bruit d'un envol d'enfants dans une cour, sentir le vent venir par la vitre ouverte de Barbie, assis à la place du passager… S'ils savaient qu'ils me rendent présent, infiniment, l'objet de mes combats, qu'ils me donnent à écouter battre le pouls de la nation, celui de mes postes d'avant, en province, la Bretagne, la Savoie, l'Aveyron, Paris, mes enfances de Provence et mon Languedoc, et que désormais il y a en moi plus de courage, de détermination certainement que sur le territoire entier… Je serai ces paysages, ces maisons, ces gens, cette langue qu'ils parlent, je serai leurs enfants et leurs aïeux, et même mes Judas, les traîtres et les félons, quand la France sera libérée, quand le mal sera vaincu. Je ne serai personne, que des cendres, je n'en doute plus, et pourtant j'aurai une petite part de vos mondes humains et libres, enfin. Orgueilleusement…

Combien ça dure, c'est long… Des haltes où on me secoue, descendre pisser soutenu par les sbires qui rigolent, boire une gorgée, avaler une bouchée, la vomir, me faire renfourner dans l'auto et la nuit qui tombe, les campagnes et les villes surprises dans les phares… C'est long je sais pas combien, j'ai l'impression d'avoir les yeux incrustés tout au fond du crâne…

À un moment, je me réveille, pas trop d'aplomb, et c'est Paris… Des élégantes en chapeau aux trottoirs, des terrasses de café, des types nonchalants, veston cintré, feutre incliné sur l'oreille, cigarette aux lèvres, vous êtes beaux, c'est du cinéma, Préjean, Darrieux, les arbres bercent leurs palmes, et les panneaux indicateurs beuglent en allemand, la piétaille vert-de-gris en goguette… Oh, revoir ma garçonnière de la rue des Plantes, Montparnasse, les peintres, la Coupole aux seins nus en fin de fêtes, les insouciances bohèmes, mes escapades d'amour avant-guerre, mes tendres modèles croqués à belles dents… Antoinette, Colette, Marguerite, où êtes-vous, mes vierges souveraines ? Et toi, Gilberte, ma douce traîtresse ? Allons, votre ancien galant, vous n'en approcheriez pas à moins d'un mètre… Je flotte dans mon costume sale, je suis tout dénervé et ne vous servirais de rien pour la bagatelle… Un virage et on est avenue Foch, je reconnais… Au 84 ces messieurs ont des cellules spéciales et des locaux d'interrogatoire… Allons bon, les journées à venir seront encore rudes. Est-ce que j'aurai la force ? Pas de me taire, ça j'en suis désormais sûr, mais de vivre ? Je m'appelle Jacques Martel, je suis décorateur… Et je n'ai plus peur…

Je ne sais pas où je suis, je suis dans un bureau, un chamarré à belles bottes, croix de fer et buffleterie cirée, engueule Barbie en allemand. Il me montre du doigt, jure, bouscule sa table, malmène un fauteuil, me regarde avec dégoût, oui, dégoût. Et l'autre au garde-à-vous qui tente des excuses, oh, je sais bien qu'il invoque une tentative de suicide, qu'il se dédouane… Moi j'ai oublié, je tiens droit parce qu'il n'y a pas de courant d'air… Est-ce que j'ai parlé, Max a parlé ? Non. Je suis Jacques Martel, 7, rue Renan, Lyon… Et on me rempoigne, on m'cmmène pendant qu'ils continuent leur déballage de linge sale…

Est-ce que c'est la fin ? Je n'entends même plus les questions… Depuis quand je suis là ? Il me semble qu'on m'a transféré dans les beaux quartiers, Neuilly peut-être, des villas, des hôtels particuliers, des arbres plus vieux que moi, j'ai vu par la vitre de la voiture… Et ce n'est plus ma cellule de Foch sous les toits, le lanterneau à barreaux, le lit, la chaise… Plus la salle d'Inquisition, les anneaux où des Français, des auxiliaires de la Gestapo, m'ont suspendu à des anneaux, frappé, m'ont fait griller contre des plaques d'amiante électrifiées, et la baignoire, le drap mouillé imbibé de sel qui brûle chaque plaie, la noyade, l'air qui revient, la question hurlée avec l'accent parigot, qui es-tu, pourriture… Des Français, des types de Lauriston, je sais qui vous êtes, des truands de la bande à Bonny-Laffont, si vous croyez que je vais céder à des Français… Après, la femme de ménage venait des fois me changer les pansements, m'aider à m'asseoir… Parlait allemand, devait filer l'amour d'un frisé… Lui ai donné l'adresse de Gilberte et des amis Meunier, qu'elle les avertisse de ma mort et de foutre le camp… Est-ce qu'elle l'a fait, ma petite collabo, ma nettoyeuse de barbarie ? Pensé à la petite Morisot, trop loin pour la faire prévenir, pourvu qu'elle échappe, mon tableau vivant, mon seul regret de toile vierge, qu'on ne te torture jamais… Ou bien c'est ici que j'ai été supplicié ? Et ensuite je serais allé avenue Foch ? Sais plus, je suis très loin de moi… Vu Delestraint et Lassagne ici, ou avant, m'ont pas reconnu, pas voulu, comment on peut reconnaître un homme dans cet état, là tu plaisantais pas, mon Lassagne, mon André, comme à tes habitudes, et moi les prendre dans mes bras, les serrer, j'avais envie, dire au revoir et merci de leur dignité, et je devais être salement amoché, défiguré, oh, leurs yeux sur moi, j'ai mis toute ma force à rester debout adossé à la porte, tremblant, mains dans les poches, et les regarder, les regarder, les emporter avec moi, c'était quand… Ou bien non, devant Delestraint je ne tenais plus, j'étais déjà sur cette civière, debout c'était la fois de Suzanne Olivier, mon courrier, oh, ma pauvre, tu as été prise aussi… Pourvu qu'Alain soit sauf… Et tes mains, tes ongles arrachés, tu essayais de les cacher, ne pas me causer de chagrin, ma Suzanne, pardon de t'avoir menée au martyre… Et tu n'as rien dit, refusé de m'identifier… Oui, devant toi j'étais encore debout… Et là on me prend le brancard, voiture, la torture terrible des petits pavés qui secouent l'auto pire qu'un torrent rocailleux, on me descend, il y a des crachotements de trains, des emballements de locos, l'odeur de charbon, de fumée, la rumeur ample des gares, une annonce pour Berlin, la porte claquée d'un compartiment… Je m'en vais… Berlin…

Dieu, suis-je encore sur le sol français ? Je n'ai plus de corps, rien qui tienne, pas un membre dont je commande le mouvement, est-ce que j'ai les yeux ouverts, est-ce qu'il fait nuit, c'est quoi, cette vague veilleuse au revers de mes paupières ? Est-ce que j'ai de l'argent, dites, de l'argent pour ce voyage ? On m'emporte, je le sens, on m'emporte, je m'enfuis de moi… S'il me faut mourir, je voudrais ici, avant les grands exils… Oh, vous tous dont je me souviens, mes clandestins, Antoinette, Colette, Gilberte, Laure, maman, Joseph, Joseph, papa, vous tous, vivants visages, si jamais vous m'avez aimé, ne gardez pas mémoire de moi mais de ce que j'ai commencé et qu'il vous reste à poursuivre… Ne me haïssez pas… Oh, une voiture tactaque et brinqueballe dans ma poitrine… Mon Amilcar, le moteur de mon Amilcar, rouge, ça hoquette… J'entends mon cœur qui bat, c'est papa qui m'appelle, j'entends mon cœur qui bat, dis, papa, tu m'appelles ?

Juin 45

Irène est morte en juillet 43, peut-être en même temps que Jean Moulin. En tout cas, j'ai appris ces disparitions à quelques heures d'intervalle, vers la fin du mois. De ce jour, j'ai porté une écharpe, presque toujours, et ne l'ai ôtée que le 8 mai 45. Mais pas plus que Maurice, je n'ai pu les accompagner dans leur dernière solitude. Parce que mes faux papiers ne suffisent plus, on sait que la femme en rouge m'a décrite aux sbires de la Section IV, qu'on cherche une noiraude frisottée, une terroriste spécialiste de l'assassinat, mon triporteur est connu, mes liens avec Desmedt, Maurice, alors le lundi noir de Caluire, au soir, j'ai juste récupéré mon baluchon de livres et mes hardes chez Antonin à Raspail, et le réseau m'a cachée, nourrie, de ferme en villa, au vert. Jusqu'à me trouver, à l'automne, une couverture où je reprendrais de l'activité.

J'ai fini ma guerre avec ces dames. Dans un hôtel de passe du Panier, à Marseille. À Lyon, j'étais grillée. Je me suis inscrite au paysage du désir, j'ai pris des allures de grue, balafrée de rouge à lèvres, pas celui de Maurice, ma relique, mon morceau de la Vraie Croix, j'ai été houleuse de la hanche, avantageuse du jarret et du nichon. Au-dehors, pendant mes missions de liaison, mes trajets en tram, à vélo, dans la ville, bien sûr qu'on me prenait pour argent comptant. Mes exubérances de la chair et mon écharpe au cou intriguaient, celle-là doit pas être commune… On m'abordait franco. Fallait décourager. Je dissuadais avec le sourire et un argument fatal : si tu veux, mon biquet, moi je demande que ça, faire des extras, sauf qu'il y a un Obersturmbazar à la Kommandantur, tu vois de qui je veux parler, qui n'aime pas être cocu… Ça leur calmait les impatiences aussi sec. Quand c'étaient des Allemands qui me proposaient la botte, ils devenaient rose cochon et claquaient les talons. J'étais au-delà des craintes, une effrontée sans battements de cils. J'aurais dompté des lions s'il avait fallu. Dans quel détachement mental tu avais survécu, monsieur Moulin, depuis juin 40 et ta résurrection, mon triple deuil m'en donnait maintenant une intime connaissance. J'étais spectatrice de mes audaces tranquilles. Dans ma turne, les copines de palier savaient que je ne leur ferais pas concurrence. Elles admiraient mes livres, s'asseyaient parfois longtemps sur mon lit, en début d'après-midi, à me regarder religieusement préparer l'agreg pour tenir le coup, ne pas courber l'échine, me demandaient d'écrire à leur famille, à leur petit en pension, et m'ouvraient leur garde-robe. Elles désespéraient de me voir traîner dans ma piaule en pantalon et tricot marin, un pareil à celui de Maurice, et puis ton cache-nez, c'est quoi, tu te crois en Russie, matelot sur le *Potemkine* ? Pour elles, pas dupes de mes clandestinités, nippée ainsi j'offensais le Créateur qui m'avait donné une poitrine « comme la Corniche ». Bien sûr je ne faisais pas vraiment partie de la congrégation, comme elles disaient, mais j'y étais au moins « honoraire », donc tenue aux élégances de la corporation qui m'allaient si bien. Mes seules passes étaient mes contacts du réseau. En bas, ils demandaient mademoiselle Berthe à la taulière et recevaient une serviette éponge. Et puis ils montaient, comme des michetons. Chaque fois, j'étais en chamade, je m'imaginais une seconde Maurice gratter à ma porte. Une seconde, jusqu'à revenir à l'irréversible, qu'un inconnu à pseudonyme, estomaqué par mon froc de mec, mon tricot et mon écharpe, allait entrer me remettre un message ou en prendre un. Je les tapais, je les codais à partir d'une strophe d'Apollinaire, l'histoire de Marizibill, une prostituée qui se mettait sur la paille pour un maquereau roux, et puis je restituais les câbles, prêts à partir. Je faisais aussi la tournée des boîtes aux lettres, en tenue d'« honoraire ».

Comme ça, en fourmis, on a préparé le débarquement de Provence. À partir de juin 44 on savait pour la Normandie, que les Alliés progressaient, marchaient sur Paris. Qu'ils prennent pied aussi sur les plages du Var, je l'ai ressenti comme un achèvement, avec la satisfaction de l'ouvrier obscur. La libération de Marseille, dans la dernière semaine d'août 44, je l'ai vécue en robe légère, pas farouche de la peau, mais j'avais une mitraillette Sten et personne ne m'a manqué de respect. Sans presque dormir, à juste grignoter, l'arme à la bretelle, les yeux levés sur les snipers possibles, pas lavée, j'ai fait le coup de feu aux côtés des FFI, couru sur la Canebière au flanc des blindés, j'ai entendu mon souffle résonner dans les caves, les souterrains qu'on a empruntés pour contourner les positions allemandes en ville, ma bataille de la rue je l'ai eue, j'ai transpiré mes haines, réglé mes comptes face à des uniformes, des soldats, mais je n'ai pas vengé mes chers disparus, j'ai combattu.

Ensuite, début septembre, je suis remontée à Lyon pour une autre libération, en suivant la troupe comme une mère Courage aux enfants morts. J'avais deux tombes à visiter et l'agrégation d'histoire à passer, entrer, encore et finalement, dans un autre domaine plein d'ombres étincelantes à ramener au jour. Les épreuves écrites d'agrégation, j'y suis maintenant prête. Et tous ces mois, jusqu'à aujourd'hui, lundi 20 juin 45 où je vais prendre le bus pour te retrouver, Maurice, j'ai vécu dans l'enfer des livres, j'ai assisté aux anciennes batailles, regardé couler le vieux sang, j'ai hanté les palais royaux du monde entier, écouté souffrir les campagnes des cinq continents, j'ai suivi Jeanne d'Arc et Bonaparte, chevauché avec Gengis Khan, épluché des traités, des paix mensongères, cherché les symptômes de nos barbaries d'aujourd'hui aux guerres d'autrefois, j'ai été un fantôme parmi les fantômes dans l'appartement des Desmedt où Odile attendait Marcel qui ne reviendrait pas des camps, non plus que mon père, déporté dès fin 40. La pharmacie Noël avait d'autres propriétaires, ma chambre de Raspail un autre locataire et je n'ai pas eu le cœur de retourner à L'Étoile. Ni chez Irène affronter ses parents et les yeux myopes de la petite Jacqueline. Quand je serai allée à la campagne visiter Maurice, je passerai l'agrégation et je remonterai à Lille, dans ma maison qui n'existe peut-être plus.

La femme, ils l'ont forcée à se lever, que son mari puisse être hissé sur la chaise qu'on bascule sitôt la corde à son cou, et c'est son tour. À deux, le petit margoulin et le gras moustachu, ils la grimpent dessus, on envoie un autre nœud coulant, un coup de pied à la chaise, et c'est fait. L'espace d'un souffle, seuls de toute la place les deux cadavres ont été en mouvement, à tourner sur eux-mêmes, comme s'ils considéraient de leurs yeux morts ceux-là, assemblés et muets, pétrifiés, qui venaient de les tuer.

La boulangère a saisi le bord de son tablier et s'essuie la bouche avec, jusqu'à y laisser la trace sanglante de son maquillage, avant de se faire bouffer la permanente, la poitrine agitée de soupirs soulagés, voilà une bonne chose de faite. Pour un peu elle se signerait, irait bénir les corps suppliciés, toute haine retombée. Elle a croqué une vengeance pas vue pas prise, comme un éclair au café avalé en goulue dans une réception où elle n'était pas invitée, et c'est toujours ça de pris :

— Ils ont eu ce qu'ils méritaient.

Un constat simple qu'elle énonce, tournée vers moi, que j'approuve, lui donne l'absolution.

— Qu'est-ce que vous en savez ?

— Dame, des bêtes, ces gens-là, tout pharmaciens lyonnais qu'ils étaient, les Noël ! Vous savez pas ? Ils ont dénoncé leur propre fils à la Gestapo !

— Qu'est-ce que vous dites là ?

— La vérité, de source sûre… Le neveu du maire travaille à Lyon, commissaire de police… La semaine passée, il a vu la lettre de dénonciation de mai 43, dans un tas à classer, qu'on devait porter un message pour la Résistance dans un livre à une adresse et il y avait, avec, une liste recopiée… Paraît que l'adresse était soulignée sur la liste ! Et la lettre était pas anonyme ! Voyez qu'y a pas erreur sur les personnes…

J'ai l'impression que le soleil me rentre profond dans le crâne… Mon cours d'histoire médiévale ! Les parents de Maurice ont vu mon nom dessus en fouillant ses affaires, ont feuilleté, sont tombés sur la liste et ils ont déduit…

— Vous avez l'air toute défaite… Entrez, je trouverai bien un bout de flan… Pas besoin de ticket… Pas tous les jours fête…

Autour de nous, la foule s'est mise à couler de la place par les rues et les venelles, on retourne dans ses pénates, conscience apaisée, on taloche les gosses qui voudraient se retourner, aller rejeter un coup d'œil de plus près aux cadavres, on se tait, on se touche à peine, même les couples, on s'évite, et les regards fuient. Les gendarmes ont quitté le képi, repliés dans l'ombre courte de la mairie. Faudra bien rédiger un rapport et se justifier de ne pas avoir pu intervenir, prévenus trop tard, devant ce mouvement de justice populaire, condamnable mais compréhensible. D'autant qu'aucun coupable de lynchage n'a pu être identifié. Une opération de femme tondue qui a mal tourné… Dommage…

Sous le kiosque déserté par les exécuteurs, les dépouilles de Jean-Baptiste et Armande Noël pendent en chiffons, atroces, le visage, la poitrine mâchurés de coups, lui le vêtement écharpé, elle toujours nue, tondue, même pas de vent qui balaierait le petit tas de cheveux blancs qu'on lui a plumés, et ce sang, ce sang… Frères humains qui après nous vivez, parfois vous êtes de beaux salauds aux cœurs endurcis !

— Merci, non… Je ne serai jamais du côté des bourreaux.

— Oh, mais on n'est pas des sauvages, ma petite dame ! Rien que des patriotes ! Tiens, vous diriez quoi si ç'avait été vous qu'ils envoient à la mort, au lieu de leur fils ?

Elle a fait un pas, donne du menton, se cale bien le jarret avant l'assaut, les reins bandés, prête à me sauter à la gorge, tout cet espoir d'héroïsme lui gronde dans la poitrine, elle va l'avoir, sa victoire à elle toute seule. Je la regarde franc, pas un battement de cils, juste à l'instant où elle va bondir, et pan, cueillie en plein élan :

— C'est moi qu'ils voulaient dénoncer, pas Maurice.

Elle s'est arrêtée, ma boulangère à redresser les torts, fusillée net, toute ballante, la gueule flasque, les mains à pas savoir quoi faire. Alors je lui tourne le dos. Je suis sûre qu'elle me regarde traverser la place où retombe la poussière de la fête, j'entends longtemps son halètement, ses petits cris de chiot perdu, et puis je bascule au flanc de l'église costaude, et c'est fini, cette rumeur d'épuration… Quand je passe devant, une seconde, une minute, je reste au seuil de la maison des Noël, ouverte, dévastée, portes dégondées, meubles démembrés, murs souillés, là où j'ai eu mes meilleurs jours avec Maurice, et puis je galoche jusqu'au cimetière.

Je m'assieds au bord de la dalle simple au granit aussi lisse sous ma paume que le grain de ta peau, Maurice, comme je m'asseyais au bord du lit, une main à ta poitrine. Presque je sentirais l'odeur de réséda et de jasmin de ta voix.

— Il va falloir que tu m'attendes, Maurice… Tu auras froid, tu seras seul tout ce temps de ma vie, mais sois patient… Avant de venir te rejoindre, j'ai encore à chercher l'humanité, dans les yeux de mes lycéens, au visage des obscurs, sur les marchés, dans les rues, les boutiques, les trains, les lieux où des êtres ont regardé venir la mort, aux chemins de ce monde de cruauté partagée, j'ai cette dette à payer au préfet de Chartres, à Jean Moulin, à tous ceux qu'on a torturés, déportés, aux héros de l'ombre, aux infimes combattants de la dignité, et aussi à ceux qui ont failli, qui ont parlé, et à ceux qui croient désormais que punir la faute est un devoir qui justifie le pire, et qui en espèrent des indulgences. Et au peuple allemand, aux enfants des décombres de Berlin, de Munich, Cologne, qu'ils sortent du crépuscule… Les comptes à régler, la grande justice exemplaire des crimes, j'en laisserai la dure mission à d'autres, aux investis, aux irréprochables et aux survivants s'ils en ont le cruel courage… Voici venu le temps des vengeurs ou des équitables, ou du pardon. Le mien sera celui des mots… Désormais, Maurice-Auguste, je ne vivrai que pour témoigner de toi et de Max-Jean, vous deux dont l'ombre immense est celle de tous les autres…

Et puis sur la tombe, à côté du tien gravé, au rouge à lèvres, j'écris mon vrai nom de femme, Agathe Morisot-Noël.

Dites-moi, mes magnifiques, mes sacrifiés, est-ce que vous serez un jour fiers de moi ?

Postface de l'éditeur

Visages d'un mythe

« Entre ici, Jean Moulin,
avec ton terrible cortège… »

19 décembre 1964. Un vent glacial balaie le parvis du Panthéon, où les cendres de Jean Moulin vont être transférées. C'est l'ultime rencontre avec de Gaulle qui, devant un parterre de ministres, de personnalités et d'anciens compagnons de la Libération, visage grave, corps pétrifié dans son habit militaire, assiste à la cérémonie solennelle par laquelle la République rend hommage à ceux qui ont mérité d'elle. Une voix étrange, une voix sans âge et comme venue d'outre-tombe s'élève, qui fait frissonner l'assistance. C'est celle d'un compagnon de Jean Moulin, André Malraux, alors ministre de la Culture dans le gouvernement que préside le général de Gaulle. Certaines phrases, à peine audibles, se perdent dans le vent. D'autres, percutantes, s'inscrivent à jamais dans les mémoires :

« La préhistoire avait pris fin… Il a été le Carnot de la Résistance… chef d'un peuple de la nuit… pauvre roi supplicié des ombres qui regarde un peuple d'ombres se lever dans la nuit de juin constellée de tortures… »

Ce jour-là, la République consacre un mythe. Celui de Jean Moulin, alias Jacques Martel, alias Max, alias Rex, pseudonymes choisis par « le prince de la nuit » pour entrer en Résistance.

Dans son roman, Michel Quint redonne vie et voix à l'homme énigmatique aux multiples visages. Et sous sa plume, ceux-ci s'entremêlent intimement pour composer le saisissant portrait d'un héros, mais aussi d'« un homme parmi les hommes », à la personnalité attachante et complexe…

Un vrai héros

Oui, les vrais héros existent. Non pas ceux de l'Antiquité auxquels se référaient Hitler et Pétain, des héros imaginaires dont ils avaient honteusement détourné l'effigie. Mais ces héros modernes qui se révoltent contre l'ordre établi, quand celui-ci bafoue les libertés individuelles et opprime les peuples qu'il prétend servir. Dans le roman, Agathe et Monsieur Martel s'en font l'écho au cours d'un de leurs rendez-vous à L'Étoile :

« — De Gaulle […] se fout de l'Antiquité et prêche le désordre, la reprise de la guerre par chaque Français…

— Peut-être parce qu'il privilégie l'honneur, la dignité et la liberté du peuple à son confort servile… »

Et précisément, ce qui force l'admiration chez Jean Moulin, c'est sa capacité à dire non, quelles que soient les circonstances, en n'hésitant pas une seconde à mettre sa vie en jeu pour défendre les droits de la personne humaine et servir « une certaine idée de la France ».

Qu'on en juge : en 1939, alors qu'il occupe le poste enviable de préfet, il demande à être mobilisé. Refus de l'armée : il est plus utile à son poste. Qu'à cela ne tienne, il fait appel et obtient gain de cause, mais le ministère de l'Intérieur met son veto. En 1940, il a une conduite exemplaire face à l'ennemi qui vient d'investir Chartres. Mettant tout en œuvre pour venir en aide à la population qui souffre horriblement sous les bombardements, il organise les secours. Et quand on lui demande de signer une déclaration dénonçant des tirailleurs sénégalais injustement accusés d'exactions sur la population civile (les Allemands voulant se venger des pertes que leur avaient infligées des « sous-hommes »), il refuse tout net. Les coups pleuvent, mais il tient bon. Finalement, ayant peur d'avouer sous la torture, il se tranche la gorge et ne doit sa survie qu'à l'arrivée inopinée d'un soldat. Plus tard, le gouvernement de Vichy lui proposera sa réintégration dans l'administration préfectorale. Nouveau refus. Et l'on sait sa conduite exemplaire devant Klaus Barbie, le « boucher de Lyon ». La fin du roman de Michel Quint la met magistralement en scène. Comme le Dr Rieux, dans *La Peste*, de Camus, Max mène aussi *sa* résistance parce qu'il ne peut supporter de voir la peste brune – cette « rhinocérite » que dénoncera Ionesco – progresser dans la patrie de Voltaire et de Hugo.

Dès lors on comprend mieux pourquoi la figure de Jean Moulin a suscité tant d'émissions, de débats, de livres. Pourquoi l'homme au chapeau et à l'écharpe ne cesse de fasciner. Pourquoi les meilleurs acteurs du cinéma français lui ont prêté leur visage : Patrice

Chéreau, en 1996, dans *Lucie Aubrac* de Claude Berri ; Charles Berling, en 2002, dans *Jean Moulin* d'Yves Boisset ; Francis Huster, en 2003, dans *Jean Moulin, une affaire française* de Pierre Aknine.

L'homme trahi

Ces films nous donnent à voir une autre image de Jean Moulin, qui a largement contribué à asseoir sa légende. L'image de la victime, de l'homme trahi. Car Jean Moulin, c'est aussi une de ces « affaires » françaises qui, depuis celles dénoncées par Voltaire et Zola, n'ont cessé de passionner et de diviser historiens, écrivains, metteurs en scène, de nombreux Français et même des étrangers, chacun ayant sur la question un avis souvent catégorique.

Dans *Max*, Michel Quint éclaire notre jugement sans prendre parti, suivant en cela les conclusions les plus récentes proposées par des spécialistes. Rappelons brièvement les faits. Le 21 juin 1943, Jean Moulin arrive avec plus d'une demi-heure de retard à la réunion de Caluire, qui doit parachever l'unification des différentes organisations de la Résistance. Or, curieusement, Klaus Barbie semble avoir attendu ce moment précis pour intervenir. Y a-t-il eu trahison ? Et, si oui, quel en est l'instigateur, volontaire ou pas, direct ou indirect ?

À ce jour, la question n'a pu être tranchée, même après l'ouverture en 1990 des dossiers secrets, en France et à l'étranger. René Hardy, du groupe Combat, le seul à n'avoir pas été convoqué directement par Max, le seul à avoir pu s'échapper au moment de la rafle et qui avait été arrêté, puis relâché peu de temps auparavant par la Gestapo, était-il – comme certains le soutiennent – un résistant « retourné » par les services allemands ? Le rapport retrouvé dans leurs archives paraît corroborer cette thèse. Mais depuis Hardy n'a cessé de clamer son innocence et a été officiellement innocenté par la justice…

L'autre thèse, qui prend en compte un « testament » bien tardif de Klaus Barbie, relayé par son avocat Me Vergès, laisse entendre que Max aurait été « donné » par la Résistance elle-même, peut-être par Raymond Aubrac, qui sait ? Une thèse qui n'a jamais été étayée par de véritables preuves…

D'aucuns mettent aussi en cause les services secrets américains qui, il est vrai, jouaient Giraud contre de Gaulle et voulaient offrir une aide directe à certains résistants en passant par-dessus le Général. Ajoutons que, plus tard, ils engageront Klaus Barbie au moment de la Guerre froide…

Alors ?… Faute de certitudes, quelques historiens adoptent une position plus nuancée. Les responsabilités seraient partagées. Klaus Barbie, qui, avant les aveux d'Aubry sous la torture, ignorait que Max était le chef de la Résistance, aurait profité des imprudences de certains résistants et des fuites consécutives aux querelles intestines qui minaient à cette époque le mouvement de lutte contre les Allemands. Michel Quint, dans son roman, prête à Max cette réflexion désabusée : « Ce n'est plus la guerre, c'est du commerce ! »

On peut simplement regretter qu'en 1987 le procès Barbie – remarquable cours d'histoire qui a permis à certains témoins de ces événements de s'exprimer – n'ait pas réussi à effacer ces zones d'ombre.

L'artiste

Michel Quint a le grand mérite de mettre en évidence dans son roman cet autre visage, peu connu, celui-là, de Jean Moulin. Un visage quelque peu effacé par le képi du préfet et par le feutre de Max dans l'imaginaire collectif. Et pourtant, un visage qui explique sans doute pourquoi Jean Moulin a pu chaque fois apparaître comme une personnalité originale, profonde, dotée d'un incontestable charisme.

Dans le chapitre intitulé « Mai 43 », Michel Quint se plaît à camper un Jean Moulin peintre dans une « ambiance à la Renoir, canotiers, grisettes, friture et vin blanc… ». Il « barbouille face à la Saône » et dit ses rêves : « être Modigliani, Casanova, Apollinaire ou rien ». Rien de moins ! Les arts plastiques, l'amour, la poésie, pour lui, c'est tout un. Et ces rêves inassouvis, il les remplace « par la recherche des ors et pourpres de la République, les éblouissements ». Michel Quint, par ces quelques mots, fait le lien entre l'artiste et l'homme public, entre le séducteur et l'esthète. Et l'on comprend mieux pourquoi le romancier a croisé les deux destins de Jean Moulin – personnage réel – et d'Agathe – personnage imaginé. Un sosie du peintre Berthe Morisot qui, à son époque, représentait un idéal féminin et qui a fasciné des artistes comme Manet. Jean Moulin avait précisément une prédilection pour son tableau de 1872 représentant *Berthe Morisot au bouquet de violettes*, et la toile a sans doute inspiré Michel Quint quand il brosse le portrait d'Agathe, cette « fleur claire sur le pavé lyonnais »…

Enfin Jean Moulin, c'est surtout, comme le souligne le romancier, « un poète libre, quelles que soient [ses] chaînes ». Dans le livre, les références à la poésie sont nombreuses, soulignant d'étonnantes analogies entre le destin de Max et le sort de poètes qui se sont retrouvés en prison (Villon, Verlaine, Apollinaire), ou qui ont été fusillés, assassinés, déportés, comme Lorca, Machado ou Desnos. Desnos, un autre compagnon de lutte – un poète résistant qui ne revint pas des camps de la mort.

Le dernier vers de la *Chanson du franc-tireur*, d'Aragon, souvent inscrit dans la pierre de monuments commémorant les faits d'armes de la Résistance, pourrait résumer l'itinéraire de Jean Moulin conté par Michel Quint :

« *Où je meurs renaît la patrie*[1]. »

1. Sur le rôle si important joué par la poésie à l'époque de l'Occupation, et pour connaître, dans ce qu'il a de plus profond, l'esprit de la Résistance, on pourra se reporter aux deux ouvrages de référence suivants :

– Pierre Seghers, *La Résistance et ses poètes*, Seghers, nouvelle édition 2004.

– Louis Aragon, *La Diane française*, Seghers, nouvelle édition 2003.

Composé par Nord Compo Multimédia
7, rue de Fives, 59650 Villeneuve-d'Ascq

Imprimé en France par

BRODARD & TAUPIN

à La Flèche (Sarthe)
en mars 2011

POCKET – 12, avenue d'Italie - 75627 Paris cedex 13

N° d'impression : 62804
Dépôt légal : janvier 2010
Suite du premier tirage : mars 2011